아픔과 성숙에 관한
성당 언니의 고언

보석이
된 아픔

보석이
된 아픔

고진경 지음

"아픔과 성숙에 관한 성당 언니의 고언"

• • •

아픔이 있기에 감사도 알고, 겸손의 삶을 살게 되었다.
하나하나의 아픔을 겪고 그것을 마음의 통장에 저축하다 보니,
어느새 마음의 부자가 되었다.
이제, 그 마음을 독자들과 나누어 함께 행복해지고 싶다.

문학공감 도서출판

보석이
된 아픔

아픔과 성숙에 관한
솔직한 고언

이 책 『보석이 된 아픔』은 "십자가는 어깨에 메고 가는 게 아니라 소중하게 가슴에 품는 것"이라는 신부님의 말씀처럼, 철모르던 열한 살부터 60이 된 지금까지 나의 십자가를 가슴에 품고 살아온 이야기다.

내게 주어진 뜨거운 삶을 살아오면서 지금까지 나는 뜨거운 눈물을 많이도 흘렸다. 흔히들 "인생은 60부터!"라고 말한다. 나도 그동안 차곡차곡 쌓아온 '보석이 된 내 아픔'을 60이 되는 나이에 드디어 내어놓게 되었다. 무엇 하나 내세울 것 없는, 평범 미달의 한 여자지만, 지금 이 순간 아파하고 있을 사람들의 손을 잡고, 이제 그만 아파하고 행복해지자고 말해 주고 싶다.

일본의 100세 시인, 시바타 도요 씨는 90세에 시를 쓰기 시작했다. 그 나이에 맞는 감성과 언어로 행복을 위한 새로운 도전을 시작한 것이다. 무식하면 용감하다고 나는 용기 하나로 이 책을 쓰게 되었고, 책을 쓰고 나니 전혀 생각지 못했던 인생 이모작의 삶을 살아가게 되었다.

『보석이 된 아픔』은 총 네 개의 파트로 구성되었는데 다음과 같다. 1부 '아픔을 차곡차곡 저축하다'에서는 열한 살 때부터 겪어야 했던 부모님의 이혼으로부터 시작된 아픔의 종합 세트를 다양하게 수록했다. 그리고 2부 '마음의 재테크로 감사의 삶을 살게 되다'에서는 아무리 죽을 것처럼 어려운 순간에도 신은 우리에게 분명히 대처할 수 있는 생각과 힘을 함께 주신다는 사실을 깨닫게 된 사연들을 담고 있다. 즉, 신은 인간이 나약해서 한쪽 문을 닫으면 반드시 다른 쪽 문을 열어주신다는 지혜를 얻게 된 과정들을 적어놓았다. 3부 '제가 이런 여자예요'에서는 경제적으로 어려워서 겪게 된 일들을 한 토막 씩 소개하고 있는데, 상황이 어려워도 우울하고 울음보다는 코믹하고 웃음이 나오는 상황이 연출되어 오히려 즐겁고 뿌듯한 기억으로 남은 이야기들이 담겨져 있다. 4부는 '당신이 제 보물입니다'에서는 '먼 길을 가장 가깝게 가는 방법은 사랑하는 사람과 함께 가는 것'이란 말처럼 내 인생 여정 속에서 쓰러지지 않도록 나에게 힘을 실어 주고 사랑을 나누어 준 소중한 사람들에 관한 이야기를 담고 있다. 그동안 받은 마음들을 글로 다 표현하지 못해 많이 아쉽지만, 내 삶에 하나의 세포처럼 차지하고 있는 고마운 보물들에 대해서 차근차근 써내려갔다.

내가 이 책에서 말하고 싶었던 것은 인생은 충분히 살 만한 가치가 있다는 것이고, 또 그 살 만한 세상에 대해 내가 지금까지 느꼈던 것을 솔직하게 이야기해 주고 싶었다.

그리고 마지막으로, 성당 언니 고진경이 독자들에게 행복의 씨를 심어 주고 좋은 영향력을 전달해 주는데 이 작은 책이 유용하게 쓰이기를 진심으로 바란다.

◆ 프롤로그

5   아픔과 성숙에 관한 솔직한 고언

◆ 1부 ———— 아픔을 차곡차곡 저축하다

15   열한 살, 내 인생의 파란이 시작되었다

19   야무진 나의 꿈은 현모양처

23   노란 하늘색을 본 적이 있나요?

26   마음의 창, 구백 냥의 눈을 잃었어요

29   먼 곳만 바라보는 엄마의 눈빛

33   건방지기 이를 데 없는 딸

39   세상 물정 모르는 무늬만 사모님

43   어머님, 수다 좀 떨어보세요!

47   이름 한 번 불러주었을 뿐인데……

50   넌, 네 아들이 창피하니?

54   보잘것없는 시어머니를 통해 주신 큰 사랑

58   중국은 쳐다보기도 싫게 만든 두 번째 사업 실패

62   "얘들아, 미안하다……. 면목없다."

65   개와의 싸움에서 난 지고 말았다

68   "인내도 할 것 없다. 있는 그대로 받아들여라."

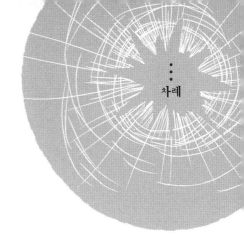

차례

♦ 2부 ──────── 마음의 재테크로 감사의 삶을 살게 되다

75   우군을 만들어야지

78   작대기 두 개짜리 일병과의 결혼식

82   전혀 생각지 못한 삶의 오차로 얻게 된 행운

85   한 조각도 거저 얻은 건 없네

88   내가 내놓을 수 있는 유일한 것

92   동원 참치바보

95   "난 네 기도 다 들어줬다."

98   내가 나에게 준 52년 만의 휴가

101 주님이 주신 은총이에요

104 "어서 와라, 기다리고 있었다."

108 말을 안 해서 그렇지, 다 아파요!

111 너는 나를 체험하였다

115 너도 그 대열에 낄 수 있음에 감사하지 않니?

118 헉, 저는 인조인간이랍니다

121 60이 되어서 만난 행운의 인생 이모작

◆ 3부 ─────── 제가 이런 여자예요

129 아~ 이게 바로 지옥인가?

132 내가 바로 도둑년

134 술집 아가씨로 오해받을 만큼의 미모란?

138 이번에는 미국으로 진출하다!

141 저도 부드러운 여자가 되고 싶어요

145 그대를 나의 '애교 선생'으로 명하노라

148 힘내세요!!! 우리가 있잖아요

151 무슨 복에 이런 아들을 얻었을까?

154 아주 쿨한 따님이여

157 역시 당신은 짱입니다요

161 나는 Y담 교수예요

164 대공원에서 아이스크림을 빨던 '법대로 스님'

167 잊혔던 행복, 오래된 웃음

172 그립고 그리운 외할머니

176 꽃 같은 그대여, 그 이름은 엄마

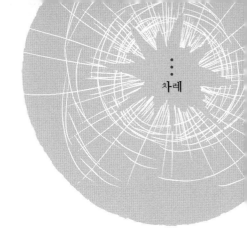

차례

◆ 4부 ─────── 당신이 제 보물입니다

183 마음의 고향인 4총사

187 언제든 달려오는 지원병들

191 땅에 사는 천사를 만났어요

194 엄마유? 형님이유?

197 '고·양·이·손'이랍니다

202 나의 왼팔과 오른팔입니다

205 넌 나의 1190야!

208 아들을 공유한 사이

210 언제까지나 우리 애인합시다

213 숙희야, 너를 내가 어떻게 잊겠니?

◆ 에필로그

217 내가 바라는 것과 바라는 세상

1부

아픔을
차곡차곡
저축하다

보석이
된아픔

열한 살, 내 인생의 파란이 시작되었다

　열한 살 초등학교 4학년 어느 날, 나의 부모님은 나를 앉혀 놓고 물었다. "아버지 엄마가 이혼했으니, 누굴 따라갈래?" 마치 중국집에 가서 "짜장 먹을래? 짬뽕 먹을래?"처럼 그 엄청난 질문을 가볍게 물었다. 나 또한 깊게 생각할 것도 없이 "아버지요." 그랬다. 이혼에 대한 정보도 몰랐거니와 나의 부모님은 사전에 아무런 설명도 없었기에.

　나는 태어나서부터 무척 몸이 약했다고 했다. 밤마다 식은땀을 흠뻑 흘리고, 유난히도 배앓이가 잦았고, 게다가 잘 체하는지라 워낙 병약해서 살아낼 것 같지 않아서 아버지는 특별한 방법으로 운동을 하게 했다. 그 방법은 학교도 들어가기 전부터 내 키에 맞춰 줄넘기를 만들어 준 후, 줄넘기를 하면서 심부름 장소까지 갔다 오도록 했던 것이다. 정확하게 그 거리를 계산할 순 없지만, 동네 한가운데 야트막한 둔덕을 넘어가서 한참을 달려가면 구멍가게가 있었다. 아버지는 내 손에 20원을 쥐여 주고 꼭 그 가게까지 줄넘기를 하면서 달려가서 담배를 사 오라고 매일 심부름을 시켰다. 몇 년쯤인지 기억도 나지 않지만, 꾀도 부릴 줄 모르고 나는 열심히 18원짜리 담배를 사 왔고, 그러면 아버지는 잔돈 2원을 저금통에 넣게 해서 그때부터 '운동'과 '저축'하는 습관을 들이게 했다.

유난히 회충이 많았던 나는 대변만 보면 항문을 꽉 채울 만큼의 회충이 나오다 걸려서 대롱거리며 꿈틀대면 무서워서 울었는데, 그때마다 아버지가 그것을 휴지로 잡아 빼 주었다. 그때 그 시원한 느낌은 지금도 잊히지 않는다. 고맙고 든든했다. 그런 아버지가 한없이 좋았다. 아버지의 직업은 원예사였다. 커다란 집에 정원을 만들어 각각의 작은 화초나 묘목부터 큰 나무까지 심고 가꾸어 정원을 아름답게 꾸미는 일이었는데, 너무나 고달픈 직업이었다. 그때는 나무 한 그루를 심더라도, 나무 크기에 따라 네 명이나 여섯 명의 사람들이 구령에 맞춰서 지고 날랐다. 그래서 아버지의 어깨는 늘 상처로 가득했고, 봄, 여름, 가을 세 계절 동안 일해서 벌어 놓은 돈으로 겨울을 나야 했다. 그런 아버지의 모습이 너무나 성실해 보여서 어린 내 마음에도 측은한 생각이 들었다.

아버지가 서른한 살의 노총각일 때, 외할아버지는 성실한 그 모습이 마음에 들어 열네 살이나 어린 딸을 앞세워 사위로 삼았다. 천방지축 뛰어다니며 놀기만 좋아하는 엄마는 시집을 안 가겠다고 울고불고했지만, 결국 외할아버지가 무서워서 열일곱 살에 아버지와 결혼했다. 나이 차이가 커서 아저씨같이 무서운 마음 때문에 결혼하고도 무려 사흘 동안 울면서 도망을 다녔단다.

어쨌든, 나는 그다음 해에 태어났고, 열여덟 살에 애엄마가 되어버린 엄마는 여전히 동네 친구들과 줄넘기하고 영화 구경과 서커스 구경 다니느라 나에게 젖 먹이는 것조차 제대로 해내지 못해 외할머니와 이모가 엄마 역할을 해야 했다. 그래서인지 엄마보다는 외할머니와 이모가 엄마 같았고 살가웠다.

그랬기에 부부싸움이 일어나면, 나는 무조건 엄마의 잘못이고, 엄마 때문에 아버지가 고생한다고 생각했다. 더 이상 두 분의 깊은 속사정은 알 수 없었지만, 결국 합의이혼을 했다. 당시는 사회적으로 이혼이 지금처럼 흔하지 않은 때라, 이혼의 심각성도 모른 채 나는 그저 아버지를 따라가면 아버지와 단둘이 재밌게 살려니 하고 생각했다.

그러나 내 생각과는 전혀 다르게 진행되었다. 얼마 지나지 않아 새로이 이사 간 집에서 새엄마와의 생활이 시작되었다. 난 무척 당황했고, 붙임성 없는 나는 눈칫밥에 늘 배가 고팠다. 새엄마는 여자는 누룽지부터 먹고 밥을 먹는 거라면서 늘 나에게 팅팅 불어터진 누룽지를 한 사발 먹게 했는데 금방은 배가 불렀지만, 설거지만 하고 나도 벌써 배가 고팠다. 너무나 배가 고픈 날은 아버지가 퇴근해 오기만을 기다리다가 초인종 소리가 나면 뛰어나가 빵 사 먹을 돈을 달라고 했다. 시간이 지나갈수록 아버지는 점점 나와 멀어져가는 것만 같았다.

어려서 잘 표현을 할 순 없었지만, 부모님이 돌아가시지 않고 이혼만으로도 나는 부모를 잃은 상실감이 느껴졌다. 부모조차도 나를 지켜주는 보호막이 될 수 없다는 생각에 신뢰감이 깨져 버렸던 것이다. 그 이후부터 난 나 자신을 돌아보게 되었다. 하늘 아래 이 세상에 피를 나눈 형제 하나 없이 나 혼자라는 외로움, 내가 겪고 있는 상황에 대해 공감하고 함께 이야기를 나눌 사람이 없다는 것에 대한 두려움을 느끼기 시작했다. 그 이후부터 난 애도 아니요 어른도 아닌, 애늙은이로 살게 되었다. 겨우 열한 살부터……

02

야무진 나의 꿈은
현모양처

중학교에 입학하고 수업 첫날, 정말 현모양처처럼 생긴 갸름한 얼굴에 가녀린 어깨를 가진 담임 선생님이 이렇게 말씀하셨다.

"1번부터 일어나서 출신 초등학교(옛 국민학교)와 장래 희망을 말해 봐요."

피아니스트, 발레리나, 변호사, 선생님…….

다 기억은 나지 않지만, 소녀다운 꿈들을 이야기했다. 난 키가 큰 편이라 55번이었나? 드디어 내 차례가 되자, 쿵쾅거리는 가슴을 누르고 일어났다. 그리고 비장한 마음으로 이렇게 말했다.

"저는 현모양처가 되겠습니다."

그랬더니, 반 아이들 전체가 일제히 웃음을 터뜨리면서 나를 쳐다보았다. 순간 '내가 잘못 말했나? 아니면 내 장래 희망이 잘못된 건가?' 난 얼굴이 빨개지면서 눈물이 쏟아질 것만 같았다. 그때 담임 선생님과 눈이 마주쳤다. 나를 포근하게 감싸듯 알겠다는 선생님의 그 눈빛을 보며 '그래, 난 결코 잘못된 꿈을 꾼 건 아니야.' 하고 나 자신을 위로했다.

부모님의 이혼으로 색다른 가족 구성원으로 살게 된 나는 늘 불안했다. 언제까지나 나만 사랑해 줄 것으로 생각했던 아버지와는 슬슬 거리감이 생겼고, 새엄마는 그저 무섭고 두려워 주눅이 들었다. 그래서 아버지 없이 새엄마와 둘만 있는 공간에서는 숨이 막히는 것 같았고, 가슴이 두근두근했다.

세 식구가 외출하는 날이면, 난 아버지와 팔짱을 끼고 걸었고, 그런 뒤면 부부싸움이 일어났다. 그 이유도 모른 채 난 혼나기도 했고, 뺨도 맞았다. 억울했지만 무슨 말을 할 수 있었으랴. 어쩔 수 없는 일이었다.

점점 입도 마음도 닫혀 가던 어느 날, 새엄마가 이렇게 말했다.

"나도 복이 없으니 네 새엄마 노릇 하고, 너도 복이 없어서 내 딸 노릇 하게 됐으니, 어찌하겠느냐 참고 살아야지."

하지만 나는 그 말에 뭐라고 대답할 수가 없었다.

선택한 적도 원한 적도 없는, 그저 부모님에 의해 시작된 지금의 삶은 내 삶이 아니므로, 어른이 되어 결혼하게 되면 현모양처가 되어 그때부터 제대로 내 인생을 살아야지 생각했다. 그래서인지 나는 다른 아이들과 꿈이 달랐고, 이야기가 달랐던 것이다. 친구들에게는 내가 이해가 안 되는 아이였고, 나는 그런 친구들이 어린

애요 철없다고 생각했다.

옷으면서 시작한 이야기도 하다 보면 내 설움이 밀려와 울음으로 끝났다. 왜 나만 불행할까? 친구들이 친부모 밑에서 많은 형제들과 아웅다웅 살아가는 모습이 너무 부러웠다. 내 사정을 모르는 사람들은 "무남독녀 외동딸이라면서……, 어머 좋겠다. 얼마나 좋아. 먹을 것도 혼자 많이 먹고, 사랑도 듬뿍 받고."라고 말했다.

"맞아. 난 형제들과 서로 먹겠다고 싸울 일 없이 혼자 실컷 먹어서 좋아."라고 대답했지만, 먹을 것을 가지고 서로 싸우고, 그들의 언니, 오빠라는 단어가 들릴 때면 나는 울컥하는 마음이 되기까지는 그 시간이 그다지 오래 걸리지 않았다. 못 가져 본 자의 서글픔이겠지.

고등학교 때 친한 친구네 집에 놀러 간 적이 있었다. 그 친구는 8남매 중 끝에서 두 번째였다. 몇 명이 빠지긴 했지만, 아버지와 엄마, 그 많은 형제들이 모여 앉아서 밥을 먹는 광경은 대단했다. 나로서는 큰 잔칫날이나 명절날 같이 느껴졌다. 유머러스하고 재미있는 아버지의 말에 딸들이 까르르 까르르 웃는 모습이 자꾸 떠올라 집에 돌아와서 일주일쯤 울었던 것 같다. 부럽고 또 부러워서…….

그래서 나중에 시집가면 애를 넷은 꼭 낳아야지 하고 마음먹었다. 그런데 국가가 내 계획을 따라 주지 않았다. 그 당시에는 "둘만

낳아 잘 기르자." "잘 기른 딸 하나 아들 열 안 부럽다." "자녀가 많
으면 거지꼴 못 면한다." 이런 구호들이 유행했다.

그래서 아이를 셋을 낳으면 이상한 눈으로 바라보았고, 의료보험
도 둘까지만 혜택이 돌아가는 때였으므로 어찌 국가의 뜻을 어길
수가 있으랴. 아들만 둘인 친구나 딸만 둘인 친구는 한 명을 더 낳
는 모험을 감행했지만, 난 200점의 점수를 받은 사람으로서 위로
딸 하나와 아들 하나를 두었기에, 그래 애국이 따로 있나? 둘만
낳아 잘 기르는 것으로 애국하기로 했다.

03

노란 하늘색을
본 적이 있나요?

중학교 3학년이던 어느 날, 아버지가 남동생을 무릎에 안고 나에게 이렇게 말했다.

"아버지가 나이는 많고, 크게 벌어 놓은 돈도 없는데, 아들은 키워야 하니, 너를 고등학교에 보내줄 수가 없다. 그러니 네가 아르헨티나로 가서 새엄마의 친척이 차린 편물 공장에서 기술을 배우며 일하다가 시민권을 따면 가족을 초청해라."

순간, 난 하늘은 파란색만 있는 건 아니구나 하고 느꼈다. 노란 하늘이 조각조각 깨져 내 머리 위로 쏟아져 내렸다. 당신들이 이혼할 때는 앞뒤 전후 없이 열한 살짜리를 앉혀 놓고 "누구 따라서 갈래?" 하고 엄청난 질문을 하더니, 이제는 고등학교도 안 보내주고, 같은 한국도 아닌 머나먼 아르헨티나라는 곳으로 혼자 가서, 그것도 요즘처럼 어린 자식의 장래를 위한 조기 유학도 아니고 기술을 배워 돈을 벌다가 어른이 되면 부르라고? 이건 확실한 아버

지의 배신이었다. 그다음 아버지의 말은 내 귀에 전혀 들리지 않았
다. 이제는 그 어떤 것도 아버지를 믿을 수 없게 되었다.

아버지는 내가 어릴 때부터 늘 무릎에 앉혀 놓고 이렇게 말했다.
"사람은 착하게 살아야 한다. 내가 좀 덜 먹고 내가 좀 덜 쓰더라
도 양보해라."
"때린 놈은 오그리고 자고, 맞은 사람은 다리 펴고 잔다."
"악한 끝은 없어도, 착한 끝은 있다."
이렇게 말해 왔던 그 아버지가 맞나? 어떻게 나한테, 어떻게 나
한테 이럴 수가 있는가?
대를 이어야 한다고 뒤늦게 낳은 아들 때문에 16년 키운 딸을 버
리겠다는 것인가? 이해도 안 됐고, 용서도 할 수 없었다. 부들부들
떨려서 도저히 잠을 잘 수가 없었다. 밤새 생각한 끝에, 다음 날
아침 학교 간다고 집을 나서서 이혼한 후 한 번도 찾지 않았던 엄
마를 처음으로 내 발로 찾아갔다. 그리고 내 이야기를 모두 들은
엄마는 "공부는 때가 있는 법이니 밥을 먹든 죽을 먹든 무슨 수를
써서라도 내가 고등학교를 보낼 테니 오라."고 했다.
엄마의 말에 의하면, 이혼하고 나를 데려갈 때는 내가 원하면 유
학까지도 보내겠다고 했다는 것이었다. 그런데 사람의 마음이, 아
니 자식을 향한 부모의 마음이 이렇게도 달라질 수 있는 것인가?
난 그 이후로 사람을 못 믿는 버릇이 생겼다. 사람은 믿을 만한 게

못 된다고 생각했다. 나를 낳아준 부모조차 이럴진대 남은 오죽하
랴 싶었다.

그리고 그 즉시 외삼촌과 함께 집으로 가서 내 짐을 주섬주섬
담아서 택시를 타고 와 버렸다. 이렇게 해서 엄마와의 새 생활이
시작되었다.

"아버지의 말을 안 듣고 인사도 없이 엄마에게 갔으니 이젠 내
딸도 아니며, 내 가슴에 대못을 박았다. 아무려면 부모가 자식을
잘못된 길로 가라고 했겠냐?"라는 말을 나중에 전해 들었다. 도
대체 말이 되는 소린지……. 정말 어처구니가 없었다. 궁색한 아버
지의 변명이리라. 하늘에 물어보고 싶었고, 지나가는 사람들에게
조차 물어보고 싶었다. 마흔여덟 살 아버지의 가슴에 박힌 대못과
열여섯 살 소녀가 느낀 노란 하늘 중 누가 더 아프고 처절했을까
를…….

04

마음의 창, 구백 냥의
눈을 잃었어요

"몸이 천 냥이면 눈은 구백 냥이다." "눈은 마음의 창"이라면서 친구들과 깔깔대며 놀던 고등학교 1학년 중간고사 시험 기간 중이었다. 시력은 좀 나빴지만, 외할머니와 엄마, 이모의 유전인자를 받아서 크고 굵게 쌍꺼풀진 눈은 그 당시에 부러움의 대상이기도 했다.

시험 기간 동안은 초저녁에 일찍 자고 식구들이 잠든 후에 일어나서 공부하는 습관대로 시험 3일째에도 새벽 2시쯤 공부를 시작했다. 그런데 자꾸 글이 뿌옇게 보여 책을 볼 수가 없었다. 졸려서 그런가 하고 세수를 해봐도 마찬가지였고, 눈을 비벼봐도 여전했다. 피곤해서 그런가 하고 그날 밤은 그냥 자고, 아침에 일어나서 세수를 하는데 물에다 우유를 부어 놓은 것 같았다. 그때서야 방으로 뛰어들어가 거울을 보니, 오른쪽 눈동자가 하얗게 무언가로 덮여 있었다. 식구들도 놀라고, 나도 놀라고 무서웠다. 시험이고

뭐고 결석을 하고, 동네 병원부터 시작해서 좀 더 큰 병원, 종합병원 순서대로 찾아다녔다.

"처음 보는 병이니 병명도 없고, 치료 방법도 모르겠다."며 의사 선생님은 '연구자료감'이라고 들여다보고는 인턴들에게 돌아가면서 보게 한 뒤 사진만 찍을 뿐이었다. 너무나 절망스러웠다.

어떤 의사는 "금방 죽은 사람의 눈을 사서 눈알을 갈아 끼우는 방법이 있긴 하지만, 그것도 그 사람의 시신경과 너의 시신경이 맞아야 시력이 나오지, 그렇지 않으면 개 눈 역할밖에는 안 된다."고 했다. 확신이 들지도 않았지만, 상상만 해도 너무 무서웠다. 그러나 손놓고 있을 수만은 없어 방법을 찾고자 다시 한 번 병원 순례를 하던 차에 그 당시 명동성모병원(지금은 가톨릭회관 건물)에서 "어제 막 일본에서 들어온 약이 있긴 하지만, 너에게 맞는지 안 맞는지 모르겠다. 그렇지만 한번 치료를 해보겠니?"라는 질문에 당연히 그러겠다고 했다.

난 너무 절박했고, 지푸라기라도 잡아야 했다. 언제까지 한눈에 안대를 하고 살 수는 없으니까. 큰 주삿바늘에 약을 넣어 눈동자 아래 흰자에 주입했다. 많은 양의 주사를 맞고 나면 툭 불거진 물고기 눈처럼 되어 머리 무게만큼 무겁게 느껴졌다. 그리고 찜질로 마무리……. 한 달 정도의 치료로 눈동자를 덮었던 하얀 것이 서서히 벗겨졌다. 그런데 그에 따른 부작용이었을까? 난 시력을 잃었다. 그래도 그 당시에는 감사했다. 남들과 크게 다르지 않은 모습을 되찾을 수 있었기 때문이다.

그렇지만 내 생활은 많이 달라졌다. 체육 시간에 골키퍼로서 날아오는 공을 잡을 수가 없었다. 나는 잡는다고 손을 뻗지만, 공은 옆으로 들어왔다. 그리고 손으로 무언가를 집으려 할 때 물건의 위치가 정확하게 잡히지 않았다. 한쪽 눈이 안 보이니 집중도가 떨어지고, 귀도 잘 안 들리고, 기억력도 약해지는 듯했다. 난 점점 자신감을 잃어가 위축되어 갔다. 자연히 친구들과의 사귐도 폭이 좁아져 갔다.

머리를 길러 양 갈래로 땋아 내리고 빳빳하게 다린 하얀 카라에 잘록하게 들어간 교복 상의, 360폭의 교복 치마를 입은 내 모습이 너무 좋았지만, 보이는 모습과는 달리 또 아픔이 하나 추가되어 마음속 깊숙이 내려앉아 저장창고에 쌓였다.

05

먼 곳만 바라보는
엄마의 눈빛

"손님, 좋은 좌석 있어요!"

먼 곳에서 몸을 숨기고 있다가 영화표를 사기 위해 길게 늘어선 줄 뒤에 서서 기다리는 연인들에게 슬쩍 다가가서 이렇게 조용히 말하는, 우리 엄마는 암표 장수였다.

아버지와의 이혼으로 배운 기술도 없고, 가진 것도 없이 맨몸으로 살아가려니 얼마나 막막하고 힘겨웠을까? 난 그런 엄마에게 도움을 주기 위해 인기 많은 영화가 상영될 때는 토요일이나 일요일에 종로3가에 있는 영화관 앞으로 나간다. 사복을 두 벌을 싸 가지고 나가 고등학생이 아닌 척하고 줄 서서 기다려 표를 두 장 사서 엄마에게 건네주고는 또다시 맨 뒤로 가 기나긴 대열에 줄을 선다. 한꺼번에 많이 사면 일행을 확인하기 때문에 두 장밖에 살 수가 없었다. 새치기하지 못하도록 감시하는 사람에게 내가 두 번 사는 걸 들키지 않으려고 싸 가지고 간 다른 옷으로 갈아입는 꾀를 낸 것이다. 머리도 한 번은 묶고, 한 번은 풀고……. 두 번까지는 어렵지 않게 살 수 있지만, 세 번째는 너무나 긴장되어 간이 쪼그라드는 것 같았다.

난 정말 하고 싶지 않았다. 심지어 종로 쪽으로는 나오고 싶지도 않았지만, 그나마 이렇게라도 고생하는 엄마에게 도움이 되고 싶은 마음이 간절했다. 그렇게 하다 보면 반나절이나 어떨 땐 거의 하루가 걸릴 때도 있었다. 끝나고 나서 엄마가 사주는 짜장면을 먹으면서 속으로 울 때가 많았다.

늘 먼 곳의 손님들을 바라봐야 했던 엄마는 가까이 다가가는 나를 얼른 못 알아볼 때가 있었다. 그때 엄마의 눈빛을 생각하면, 지금도 가슴이 저리다.

먹고살기 위한 방편으로, 큰 죄는 아닐지라도 정당하거나 떳떳한 직업은 아니었기에, 난 그 누구에게도, 아무리 친한 친구라 해도 엄마의 직업과 토요일, 일요일의 외출에 대해 밝힐 수 없어서 늘 속앓이를 했다. 혹시라도 나를 알아보는 사람이라도 있을까 봐 고개를 숙이고 다녔다. 그래서였는지 난 잘 웃지도 못했지만, 웃음이 길지도 못했다. 나를 포장하기 위해선 슬퍼도 슬프지 않은 척, 기뻐도 기쁘지 않은 척, 늘 표정 없는 얼굴로 되어 갔다.

어쩌다 단속이 심한 날에는 경찰들의 건수를 위해 같이 일하는 아줌마들이 돌아가면서 몇몇 사람씩 종로경찰서 구치소에 들어가 있기도 했다. 그럴 때면 며칠이나 있을지 몰라서 나는 엄마의 속옷 과 간단히 옷 몇 벌을 챙겨 들고 면회를 신청해 옷가지와 사식을 넣어 주고 오기도 했다.

그래서인지 나는 어두운 곳을 싫어한다. 네온의 밤거리도, 골목 길도……. 길을 걸을 때도 절도 있는 여군의 발걸음처럼 씩씩하게 걷는다. 바쁘지 않아도 느릿느릿하거나 어슬렁거리지 않고 바쁜 사 람처럼 걷는다. 또 옆도 뒤도 돌아보지 않고 오직 앞만 향해서 성 큼성큼 걷는다. 법에 어긋나는 것도 싫고, 생각으로라도 반듯해야 했다. 사람들이 많이 모여 있는 장소는 피해 다닌다. 싸우는 장소 는 더더욱 싫다. 나와 같지 않은 군중 속에서 나만이 느껴야 하는 고독함이 싫어서.

06

건방지기 이를 데 없는 딸

1

건방지기 이를 데 없는 딸이었던 내가 한 일은 내 마음의 짐을 덜고자 엄마를 등 떠밀어 시집을 보낸 것이다.

부모님의 이혼 후, 고등학교를 안 보내준다는 아버지를 떠나 엄마에게로 왔다. 하지만 엄마가 나를 고등학교에 보내는 것이 너무 힘들었기에 나는 대학 가기를 포기하고 직장을 잡아 얼른 돈을 벌어 엄마의 고생을 덜어 주고 싶었다. 대학 진학만을 위한 인문고였지만 난 과감히 담임 선생님께 야간자율학습을 빼달라고 해서 취직을 위한 타자학원에 다녔다. 영타 3급, 한타 3급을 따놓고 지인의 소개로 타이피스트(typist)로 들어가기 위한 준비를 했다. 하지만 학교를 졸업하고 막상 취직하려고 하니, 상고(상업고등학교) 출신만

뽑는다는 것이었다.

친구들은 대학에 진학하고, 각자의 길로 흩어졌다. 난 막막했다. 어떤 방향으로, 어떻게 나아가야 할지 모른 채 이곳저곳을 찾아다녔다. 그러다 보니 내 앞길도 가늠이 안 되고, 돈 벌어 엄마를 모시겠다는 계획에 차질이 생기자 어깨가 무겁게 느껴졌다. 그 누구도 나에게 뭐라 말한 적도 없고, 또 강요한 적도 없었는데, 엄마의 무게가 내 어깨에 얹혀졌다.

내 나이 스물한 살 가을쯤, 혼자 살기에 엄마 나이가 아깝다며 친구들의 소개로 한 아저씨가 나타났다. 엄마는 그분을 만나봤지만 싫다고 했다. 마음이 급했던 나는 엄마에게 물었다.

"왜 싫은데?"

"너무 못생겨서."

나는 어떻게 해서든 엄마를 재혼시키고 싶은 마음에 나무라듯 엄마에게 을러댔다.

"엄마, 남자나 여자나 잘생기면 인물값 한대. 인물로는 엄마가 예쁘니까 남자 못생겨도 되잖아? 괜히 잘생기면 신경만 쓰이고."

난 엄마의 속마음을 헤아리기보다는 그 아저씨의 조건이 마음에 들었고, 엄마가 재혼하게 되면 내 짐이 덜어질 거라는 생각만 강했었다.

아저씨의 조건은 이랬다.

"내가 상처한 지 3년이나 되었고, 아들이 셋 있지만 다 각자 따로 살면서 제 밥벌이를 하고 있으니 귀찮게 할 자식이 없고, 시골의 논밭을 정리하고 이곳저곳에 빌려준 돈을 다 받으면 서울서 아담한 한옥 한 채 사고, 남은 돈으로 가게 하나 얻을 수 있다. 그렇게 되면 우리 두 사람 늙어 죽을 때까지 돈 걱정 안 해도 될 것이다."

게다가 그분과 이야기를 나눠보니, 시골 사람치곤 트였고, 예스 맨이었다.

"맞아. 사람이 그래야지. 그게 맞지."라면서 맞장구를 치면서 말도 통하는 사람이라고 생각했다. 하긴 21년밖에 안 살아본 내가 무얼 제대로 알았을까. 그것도 양친 부모 사이에서 폭넓게 산 것도 아니고, 상처로 얼룩져 내 시야밖에 모르는 내가. 하지만 어쨌든 이 정도 조건이라면 엄마에게 딱 맞춤이라고 생각했다. 더 이상 엄마가 험악한 고생을 하지 않아도 되고, 남편 그늘에서 편히 살려니 하는 믿음으로 나는 밀어붙였다. 엄마는 어쩔 수 없었던지 승낙을 하고 혼인신고와 함께 살림을 합쳤다. 난 정말 기뻤고, 고마운 마음에 새아버지에게 진심으로 잘했다.

술을 안 먹는 사람이라 그런지 간식을 무척 좋아해서 나는 빵이며 과자를 사서 대다시피 했다. 그렇게 6개월쯤 지내다가 나는 기특한 딸 노릇을 하기 위해 새아버지의 본가로 인사를 하러 갔다. 새아버지의 부모님은 옥천에, 형제들은 부산, 충주, 청주에 흩어져 살았기에 주말마다 돌아가면서 우리 엄마를 잘 부탁한다고 인사를 다녔다.

그러나 여기서부터 불행이 시작되었다. 몰랐던 새로운 사실을 알아낸 것이다. 상처한 지 3년이나 되었다더니 그해 봄에 상처하고 가을에 엄마를 소개받은 것이었다. 게다가 셋이라던 아들은 다섯으로 늘어났고, 시골의 논밭은 돈도 안 되는 쓸모없는 것이었고, 남에게 빌려준 돈은커녕 도리어 갚아야 할 돈이었다. 정말 눈앞이 캄캄했다. 이걸 어떡해야 하나? 우리 엄마 불쌍해서 어쩌나!

2

난 울면서 진정되지 않은 가슴으로 어떻게 서울로 되돌아왔는지 모르겠다. 내가 미워서 정말 미쳐 버릴 것 같았다. 내가 알아낸 사실들을 엄마에게 말하고서는 이렇게 물었다.

"엄마, 알고 있었어?"

"응."

"언제?"

"얼마 전에."

"근데 왜 나한테 말 안 했어?"

"말하면 뭐가 달라지는데?"

"괜히 네 속만 상하지……."

"엄마, 그럼 아버지하고 계속 살 거야?"

"아니. 안 살고 싶다."

"그럼 내가 이혼하게 해줄게."

난 또 한 번 가슴이 미어지는 것 같았다. 내 마음의 짐을 덜어 편해지려고, 그리고 엄마를 행복하게 해준다고 생각하고서 밀어붙였던 것인데, 도리어 더 큰 불행으로 내몰았다는 죄책감으로 잠을 잘 수가 없었다.

다음 날 밖으로 새아버지를 불러내어 마주앉았다.

"아버지, 물어볼 게 있어요."

"뭔데?"

"우리 엄마, 사랑하세요?"

"그럼 사랑하지."

"그럼 저는요?"

"너도 사랑하지."

"그럼 우리 엄마와 이혼해 주세요."

하지만 마치 이런 말이 나올 줄 알았다는 듯이, 그렇게 예스맨이요 늘 웃던 얼굴이 험악해지면서 이렇게 말했다.

"네까짓 게 뭔데. 이도령 춘향이처럼 재밌게 잘사는 우리 둘을 못살게 하는 거야? 난 절대 이혼 안 해."

이렇게 말한 후, 휙 나가 버렸다.

그 이후로 우리는 얼굴만 마주치면 싸웠고, 특히 저녁만 되면 격

렬하게 싸웠다. 그 과정에서 엄마는 고문 수준에 가까운 고통을 받았다. 새아버지는 사람을 잠도 재우지 않고 일으켜 앉혀 놓고 밤새 잔소리를 해댔던 것이다.

나는 어떻게 해서든지 원위치로 되돌려야겠다고 결심했다. 내가 저질렀으니 내가 책임을 져야 한다고 굳게 마음먹었고, 지금 이 상황에서 그것만이 엄마에게 할 수 있는 유일한 효도라고 생각했다.

그래서 난 이렇게 악을 썼다.

"당신 밥에다 독약을 넣어서 죽이고, 난 태어나지 않는 셈 치고 죗값을 받겠다."

그러자 그 이후로 그는 집에서 밥도 안 먹고, 나가서 사 먹고 들어와 싸우곤 했다. 엄마와 나는 지쳐갔다. 그리고 엄마는 이혼을 포기했고, 나는 집을 나가고 말았다.

난 다 잊기로 했다. 내 인생 여정에 내가 살고 있는 이 세상에 그런 사람은 아예 없는 사람이라고 치부하고, 머릿속의 기억조차 없애 버렸다. 이렇게 해서 엄마와 나는 어정쩡한 관계가 될 수밖에 없었다. 꼭 만나야 할 일이 있으면 마치 간첩 접선하듯 잠깐 만나고 나서, 엄마는 엄마의 삶을, 나는 나의 삶을 살아나갔다.

07

세상 물정 모르는
무늬만 사모님

결혼해서 두 아이를 낳고 큰아이가 아직 초등학교 입학하기 전, 크진 않았지만 나름 탄탄했던 무역회사에 다니던 남편이 어느 날 공장을 차리자고 했다. 가죽을 수입해서 옷을 만들어 다시 수출하기도 하고, 내수로 판매하기도 하는 일이라, 일감이 얼마든지 있어서 부분 공정만 맡더라도 봉급 받는 것보다는 낫겠다는 것이었다.

남편이나 나는 재봉틀 바늘에 실도 못 낄 정도로 문외한이었지만, 남편은 미싱사 한 명만 구해서 우리 부부가 시다(보조)를 하면 큰 기술이 없어도 된다며 나를 설득했다. 공장을 차리는 데 그다지 큰돈이 드는 것도 아니고, 나 또한 서른이 갓 넘은 젊은 나이에 사모님이 되는 것에 대한 욕심도 생겼다. 당장 큰 부자가 되겠다고 바란 것은 아니었기에 젊은 혈기로 불안한 마음 없이 시작했다. 그러나 막상 시작하고 보니 현상 유지하기도 급급했다. 그러자 남편은 또다시 "공장을 더 키워서 돈 안 되는 부분 작업만 할 게 아니라 아예 완성 옷을 해보자. 그래야만 돈을 벌 수 있다."고 주장했다. 어차피 시작은 했으니, 작게 벌여 작게 버나, 크게 벌여 크게 버나, 시간 쓰기는 매한가지라는 생각에 살짝 두렵긴 했지만, 배짱도 생겼다.

"그래. 해보자."라는 마음으로 제법 규모를 잡아 넓은 지하실에 재봉틀 열두 대를 들이고 재단사, 미싱사, 시다 등 열 명 정도의 인원을 뽑아, 남편은 아침저녁으로 직원들의 출퇴근을 시켜주고, 낮에는 주문을 받으러 외부로 일을 나갔다. 그러면 나는 직원들의 식사, 간식, 봉급 맞추기, 공장의 살림살이와 경리 노릇에다 사이사이 보조 일을 해야 했다. 그러면서 정신없이 2년 정도의 시간이 지나갔다.

성실한 남편은 회사 직원으로는 훌륭했지만, 사업가의 그릇은 아니었는지, 아니면 사업 운이 안 따라서인지 알 수는 없지만, 어쨌든 공장 시작에서부터 문 닫는 날까지 손해 보는 일만 골라서 했다. 주문량을 제날짜에 못 맞추기도 하고, 직원들이 술을 먹고 안 나오기도 하는 데다 재봉틀에 조금만 이상이 있어도 기술자를 불러 고치는 비용도 꽤 들었다. 직원들이 봉급 타가는 것만큼 우리에게 이익을 못 남겨 주어도 기술이 없는 우리로서는 할 수 있는 게 없어서 고생은 고생대로 하면서도 번연히 눈뜨고 손해를 볼 수밖에 없었다.

그런데다가 직원의 빚보증을 서준 게 잘못되어 집과 공장에 빨간딱지가 붙기도 했고, 그래서 나는 그걸 해결하겠다고 집행관 사무소에 찾아가 울면서 사정도 해봤다.

우리 부부는 세상을 만만히 본 것에 대한 인생 수업료를 톡톡히 내고서 공장을 정리했다. 빚진 돈을 계산해 보니, 외상으로 산 직원들의 간식값 12,000원부터 시작해서 남에게 갚을 돈이 4,970만 원이었다. 눈앞이 캄캄했다. 이 큰돈을 어떻게 갚나? 그 당시 살고 있던 전셋값이 850만 원인 것을 감안하면 너무나 큰 빚이었다. 남편이 회사에 못 나가고 있을 때 진 빚 100만 원을 1년 만에 갚은 것을 생각하면, 40년은 갚아야 한다는 계산이 나왔다. 서른세 살부터 일흔 살이 넘어서까지 갚아나가야 한다고 생각하니, 맥이 빠져 포기해 버리고 싶었다.

하지만 아이들의 운동화 바닥이 벌어져 헐떡이는 것을 보고 정신을 차렸다. '내가 목숨을 포기하면 이 아이들에게 할 말이 없다. 내가 시작한 일에 정작 우리 아이들이 피해자가 되었는데…… 무슨 염치로 나 힘들다고 포기하나?' 정신을 가다듬고 마음을 모았다. 어떻게 풀어나가야 할까? 우선, 남편을 다시 회사에 나가게 하고, 나를 도와주겠다고 돈을 빌려준 사람들을 찾아다니면서 부탁했다.

"어차피 저 살아보라고 도와주신 거니, 한 번만 더 살려주세요. 원금은 되는 대로 갚겠습니다. 그러나 이자를 드리다 보면 원금을 갚을 수 없으니 원금을 갚을 때까지 이자는 드릴 수가 없습니다.

원금을 다 갚고 나서 형편껏 이자는 드리겠습니다."

그렇게 말씀드렸더니, 모두 다 그러라고 해주었기에 용기를 내어 두 주먹 불끈 쥐고 새로운 삶을 시작했다.

아직 젊고 그나마 건강은 남았기에 감사하며.

이렇게 해서 나는 세상 물정 모르는 무늬만 사모님의 삶은 막을 내렸다. 그때가 내 나이 서른세 살이었다.

08

어머님, 수다 좀
떨어보세요!

딸아이가 초등학교 2학년 올라간 지 얼마 되지 않았을 때의 일이다. 하루는 예쁜 머리핀, 하루는 예쁜 연필, 또 하루는 예쁜 지우개를 학교에서 가져왔다. 어디서 났느냐고 물어보니, 친구가 주었다고 했다. 워낙 어려서부터 친구들과 잘 어울리는 아이라서 학교에서도 그러려니 하고 믿었다. 또한, 내 교육 방침이 딸아이는 순수하고 깨끗하고 거짓이 없어야만 했다. 그랬기에 내 딸이 거짓말을 한다고는 정말 꿈에서조차 생각지 못했다.

그러던 어느 날, 담임 선생님으로부터 전화가 왔다. 학교로 와보시라고……. 그 즉시 달려갔다. 내 아이가 다른 아이의 필통을 훔쳤다는 것이다. 그러나 그런 행동은 누구나 하는 일이고 별 대수롭지 않은 일이긴 하지만, 내 아이는 특별하고 지능적이라는 것이었다. 그 이유인즉슨, 필통을 잃어버린 것을 안 아이가 필통이 없어졌다면서 울고 있을 때 순간적으로 내 아이가 무언가를 숨기는 행동이 눈에 띄어 모두 동작을 멈추게 하고 눈을 감게 한 뒤 지나가면서 책상 서랍을 몇 번 왔다 갔다 하면서 살펴보았지만 안 보였단다. 그래서 수업이 끝나고 다른 아이들은 모두 돌려보내고, 내 아이만 남게 한 뒤 서랍을 보니 어느 각도에서도 안 보이게 옆면에 세워진 필통이 있더란다. 이럴 때 보통 다른 아이들은 선생님이 눈만 크게 떠도 잘못했다고 비는가 하면, 회초리를 들면 대부분 울면서 반성하는데 내 아이는 어떤 방법도 안 통하고 눈도 끔쩍하지 않더란다.

그래서 마지막으로 엄마를 생각해 보라고 했더니 눈물을 글썽이면서 울더라는 이야기를 담임 선생님께 듣고 나는 하늘과 땅이 뒤바뀌는 것 같았다. 내가 밟고 있던 땅이 하늘로 올라가고, 머리 위에 이고 있던 하늘이 발바닥 아래에 밟혔다. 어지럽고 몸이 휘청했다.

"내 아이가, 내 아이가, 어떻게, 무엇 때문에, 왜?" 주위 사람들은 위로의 말을 했다. 아이들이 커가면서 누구나 한두 번씩은 해보는 짓이고, 그까짓 것은 아무것도 아니라고. 그러나 나에게는 그런 말이 아무 도움이 되지 않았다. 그 뒤로 담임 선생님과 자주 만나면서 많은 이야기를 나누었다. 내가 어떤 교육법으로 어떻게 키워나가는지. 내 말을 들은 선생님은 이렇게 물었다.

"혜인 어머니, 혹시 동네 사람들과 만나서 수다도 떨고 커피도 마시나요?"

"아뇨. 왜요? 저는 동네 사람들이 모여서 이야기하는 거 들어보면 시어머니 욕하고 남편 흉보고 자식 자랑하는 그런 시간이 비생산적이라는 생각이 들어서 싫어요. 그럴 시간에 책을 읽거나 아이들을 위한 간식을 만드는 게 훨씬 생산적이지 않나요?"

"제가 볼 때, 어머님은 엄마로서는 백 점이에요. 그런데 그런 시간이 그렇게 비생산적이지만은 않아요. 모여서 이런 저런 얘기를 나누다 보면 정보도 얻게 되고, 얻어지는 것도 많아요. 이제부터라도 모여서 수다도 떨어보세요."

"네. 그렇게 해보겠습니다."

독일 병정 같은 사고방식을 가진 내가 얼마나 답답했으면 그렇게 충고를 해주셨을까?

난 어려서부터 저축과 절약하는 습관이 몸에 배어 있었다. 그래서 1,000원짜리 한 장도 정말 어려운 순간을 대비해서 쉽게 쓴 적이 없었다. 학교 다닐 때도 나 자신을 위해 쓰는 돈은 오직 책을 사는 거 외에는 먹는 것, 옷 사 입는 것, 그 어떤 것을 사기 위해서도 돈을 쓰지 않았다. 그래서 내 책갈피에는 돈이 항상 있었다. 그랬기에 아이들을 키울 때도 교육을 위해서는 책을 사주거나 조립할 수 있는 장난감은 사주었지만, 완성된 장난감이나 인형은 사주지 않았다. 작은 머리핀 하나조차도 사치라고 생각했었다.

그렇게 고지식하고 꽉 막힌 나 때문에 어린 딸은 그 나이에 맞는 예쁜 핀이나 인형을 갖고 싶은 욕구를 충족하지 못해서 다른 아이들의 것에 손을 댄 것이리라. 시간이 지나 나중에서야 이해되었지만, 그 일을 겪을 당시에는 여태껏 살아온 내 인생이 완전히 뒤바뀌는 경험을 한 것이다. 모든 게 다 허무하게 느껴졌다. 다행히 남편이 함께해 주었기에 어느 정도 견딜 수 있었지만, 너무 힘들어서 어린이대공원 후문에 이름 풀이를 하는 할아버지에게 딸아이의 이름을 대고, 내 아이의 사주에 혹시 도벽이 있는지 물어봤다. 그랬더니 "머리가 너무 좋아 잔머리를 잘 쓰는 아이이기는 해도 도벽은 없어요. 자식이니 그러려니 하고 사세요."

나는 그때 딸아이의 담임 선생님이 해준 "수다 좀 떨고 사세요."라는 충고의 말과 이름 풀이 할아버지의 "자식이니 그러려니 하고 사세요."라는 말을 평생 가슴에 품고 살아왔다. 너무나 감사드린다. 자식이 크는 만큼 어른도 같이 커간다는 걸 알게 된 사건이었다.

09

이름 한 번
불러주었을 뿐인데……

사촌 여동생 결혼식장에서 밥을 먹다가, 아버지가 부른 내 이름, "진경아!"에 순간, 눈물이 왈칵 쏟아지려 해서 고개를 들 수 없었다. '아~ 씨~, 피는 물보다 진하다고 누가 그랬어?'라고 내가 나한테 묻는다.

중학교 3학년 때 자신의 어린 아들을 가르쳐야 한다며 나에게 고등학교 대신 아르헨티나로 일하러 가라고 했던 아버지였다. 그동안 몇 번이나 나를 아프게 했던 아버지. 고등학교 때 하룻밤 사이에 시력을 잃고 울면서 이 병원 저 병원을 찾아다닐 때도 모른 체했고, 고등학교 졸업 후 계획했던 취직이 안 되어 어려울 때 찾아갔지만 남보다도 더 차갑게 대하며 새엄마한테 얘기하라고 슬쩍 자리를 피해 버렸고, 결혼하기 전에 남편 될 사람과 인사하러 갔을 때 "너는 내 딸이 아니니 결혼식장에 손잡고 들어갈 일도 없거니와 자네한테 인사받을 일도 없네."라며 냉정하게 등을 돌리고 나가 버렸고, 결혼하고 나서 아버지 환갑이라는 소식을 듣고 고기를 사 들고 아이들과 함께 찾아갔지만 뭐하러 왔느냐며 자신이 연락할 때까지 오지 말라고 무안을 주더니, 새엄마가 유방암에 걸려 돌아가시기 전 아버지와 나를 가깝게 해보려고 노력했지만 그래도 여전히 쌀쌀했고, 새엄마가 돌아가시고 난 뒤 혼자 남아 있을 아버지가 불쌍해서 위로하기 위해 전화했을 때조차 "사람 잠도 못 자게 왜 전화하고 난리니?"라고 했던 아버지였다.

"자식은 부모를 버려도, 부모는 자식을 안 버린다."는 말이 있기에, 난 자식으로서 몇 번이나 아버지에게 고개를 숙였다. 마음속으로는 내 잘못이 아니었기에 사과하고 싶지도 않았고 억울하기도 했지만, 나도 결혼해서 자식을 둔 부모의 입장이 되어 보니 내가 고개를 숙여야지 하는 생각이 들었던 것이다. 그리고 아버지의 성을 딴 고씨가 아닌가? 김씨가 아니고 이씨가 아닌 고씨인 것을……

미웠지만, 그래도 착하게 살고 싶었기에. 정말 내 마음은 그랬었다. 그러나 아버지는 그런 나에게 끝까지 곁을 내주지 않고 냉정했다. 그래서 나도 이제는 아버지를 버리기로 마음먹었다. 자식을 여러 번 버린 부모도 있는데, 나라고 못 버리겠느냐? 나는 아버지가 없는 사람이니, 이제부터 마음 아파하지도 말자고……

그러던 차에 사촌 큰엄마가 딸을 여의면서 계획적으로 아버지와 나를 한자리에 앉힌 것이었다. 새엄마가 돌아가시자 아버지를 측은하게 여기는 마음으로 두 분이 사전에 어떤 말을 어떻게 나누었는지는 모르지만.

암튼 그렇게 만난 우리 부녀는 이런 말을 나누었다.

"진경아?"

"네."

"아직도 네가 잘못했다고 생각하니?"

마음속으로는 '아니.'라고 말하고 싶었지만, "네."라는 대답이 그만 나와 버렸다. '아~ 이게 뭐야?' "네."라고 대답한 나에게 짜증이 났다.

"생각해 보니, 나도 잘한 게 없다. 그러니 이제부터라도 자주 놀러 와라."

단지 이름 한 번 불러주었을 뿐인데……. 이렇게 어이없게도 내 마음은 무너져 내려 버렸다. 그래서 "피는 물보다 진하다."고 하는 건가.

10

넌, 네 아들이
창피하니?

아들이 초등학교 4학년이 되었다. 그런데 어느 날부터 눈을 심하게 깜빡거리기도 하고, 목에서 끅끅 소리도 내길래, "이 녀석아, 친구 따라 하다가 버릇 되니까 하지 마!" 하고 못하게 야단을 쳤다. 그러면서도 한편으로는 걱정되어 안과에도 데려가 보고 이비인후과도 데려가 봤지만, 이상이 없다고 했다. 그러면서 아들한테 하면 안 된다고만 했다.

어느 날 나는 외출했다가 돌아오는 길 마을버스 안에서 창밖의 아들을 보게 되었다. 눈을 깜빡이면서, 고개를 옆으로 기우뚱거리며, 소리를 끅끅대고, 어깨를 들썩이며 걸어오는 아들의 모습을 보고, 나는 기절할 뻔했다. 내 몸 안에 있는 모든 장기가 순간 녹아내리는 것 같았다. "말도 안 돼! 말도 안 돼! 이럴 수는 없어!" 정말 기가 막혔다.

여태껏 아이들을 키워오면서 병원 다닌 거라곤 예방접종과 감기

뿐이었을 정도였다. 그것도 거의 보건소에서 이루어졌다. 아들은 뭐든 잘 먹고 건강했다. 그런데 이건 대체 뭔가 싶었다. 수소문 끝에 서울대학병원 소아정신과로 갔다. 병명은 '틱'이라고 했다. 예민한 아이들에게 생길 수 있으며, 차차 크면서 나을 수도 있지만, 아닐 수도 있다고 했다. 속 시원한 답이 없이 애매했다. 심리치료와 약 먹는 것 외에는 크게 치료법이 없었다. 난 모든 것에서 손을 떼고 오직 아들만을 위해서 뛰어다녔다. 친구들과도 소식을 끊었고, 모임도 다 그만두었다. 여태껏 내가 겪어 왔던 그 어떤 어려움보다도 더 크게 느껴졌다.

1년이 지나도록 아들은 큰 차도가 없이 점점 나빠져만 갔다. 운동 감각이 뛰어났고 날씬한 체력에 제 먹을 양만 먹고 나면 식탐도 없던 아이였는데, 먹는 양도 달라지고 살도 찌면서 둔해지고, 눈빛도 흐릿해져 갔다. 절박한 마음에 주일날 아들을 데리고 미사 참례를 하던 중 아들의 끅끅대는 소리가 들리자 '괜히 어른 미사에 데리고 왔나?' 하는 후회가 되어 도저히 집중해서 미사를 드릴 수 없이 머리가 복잡해졌다.

그 순간 누군가가 내 뒤통수를 후려치듯, '넌, 네 아들이 창피하니? 네 아들은 얼마나 무서워 떨었는데······.'라는 말이 들려왔다. 처음엔 무슨 소린가 했다. 다음 순간, 확연하게 하나의 사건이 생각났다. 아들을 임신했을 때 나는 아이를 낳을 수 없는 형편이었다. 남편이 군대를 제대한 뒤 우리 부부는 새벽에 우유를 받아서

각 가정에 배달하고, 남편은 노동일을 나갔고, 나는 우유 판촉과 수금을 다녀야 했다. 이렇게 우유 보급소를 시작한 지 얼마 되지 않은 데다 빌린 보증금도 얼른 갚아야 했기에 임신중절수술을 하기로 나쁜 마음을 먹었다.

그런데 수술받을 돈이 없었다. 돈을 마련하기가 어려워 시간이 지체되자, 수술을 받기엔 이미 늦어버렸다. 뱃속의 아이에게는 미안했지만, 당시 나는 먹고사는 일이 급했고, 그것이 우선이라고 생각했다. 그때 나는 미안한 정도로만 여겼지만, 내 아들은 그때 분명히 생명의 불안을 느꼈을 것이다. 얼마나 두렵고 무서웠겠는가 생각하니 내가 너무 큰 죄를 지었음을 깨닫게 되었다. 지금 아들의 틱 증상이 그때의 불안감 때문에 생긴 게 아닌가, 라는 생각이 들자 찢어질 듯 마음이 아파 미사가 끝날 때까지 울음이 그치지 않았다.

그 뒤로 난 모든 걸 받아들이며 깊이 사죄의 기도를 드린다. 다 내 탓임을 고백하며……

보잘것없는 시어머니를 통해
주신 큰 사랑

　우리 시어머니는 처음 뵈었을 때 참 작고 왜소하여 우리 외할머니보다도 더 늙어 보이셨다. 시어머니라기보다는 시골의 보통 할머니 같아서 전혀 긴장감이나 눈치가 안 보여 편했다. 시어머니는 열네 살에 시집와서 모두 13남매를 두었지만, 아기일 때 병으로 잃고, 커서는 전쟁 통에 잃어버려 아들 4형제만 남았다. 무려 자식을 아홉이나 앞세워 가슴에 묻다 보니 한도 많았으리라.

　며느리 없는 큰아들 집에서 손주 셋을 키우시느라 83세의 연세보다 훨씬 더 건강이 안 좋으셨다. 점점 더 무너져가는 모습을 보며 난 혼자 마음이 복잡했다. 내가 모시려니 시집올 때 숟가락 한 개도 받은 거 없는 데다, 남편이 막내였기에 부담 가질 필요가 전혀 없다는 생각이 들었다. 한동네에 작은아들도 살고 있으므로 눈한번 질끈 감으면 굳이 내가 모실 이유가 없었다. 하지만 나 스스로 예수를 믿는 사람이라 생각하니, 영 마음이 편치 않았다.

몇 날 며칠을 고민하다가, 나는 이런 답을 내렸다.

'그래, 부모가 자식 키울 때 계산 앞세우고 안 키우듯이 자식이 부모 모시는 데 계산할 게 뭐 있어?'

그렇게 생각하니, 더 이상 생각할 필요가 없었다.

그래서 남편에게 말했다.

"여보, 어머니 건강이 점점 안 좋아지시고, 또 곁에서 돌봐줄 사람들이 없으니, 우리가 모셔오면 어떨까?"

"그렇게 해준다면, 나는 고맙지."

결혼한 지 15년이 되도록 시어머니가 살아가시는 생활에 대해서 한마디도 없던 사람이었다. 그랬는데도 내가 말을 꺼내니까 기다렸던 것처럼 금방 답하는 걸 보고 '내 눈치를 보고 있었나?' 하는 생각에 '그래, 내가 잘했구나!' 싶었다. 시어머니를 잘 모시다 내 손에서 돌아가시게 되면, 남편과 시댁 식구들에게 인정을 받으리라는 나만의 욕심도 있었다.

그렇게 모셔온 시어머니는 금방 돌아가실 듯 얼굴이 시커멓고 기운이 없던 분이 한 꺼풀 벗기듯 씻겨드리고 하루 세끼 꼬박꼬박 고기반찬에 밥을 드시니 혈색이 달라져 갔다.

그런데 문제가 생겼다. 큰아들의 손자들과 살아온 분위기가 바뀌어서인지 약간 있던 치매가 점점 심해져 갔다. 같이 밥을 먹다도 "나는 왜 밥 안 주고, 너만 먹어?" 하면서 먹을 걸 보채면서 화를 냈다. 잘 걷지도 못하시면서 집에 가신다고 보따리를 챙겨서 비척비척 나가시다가 넘어져 멍들기 일쑤였고, 낮에는 아무리 흔들고 소리를 질러도 잠만 주무시더니 식구들이 하루 일과를 끝내고 자려고 하는 밤 11시면 어김없이 일어나 방마다 문을 열었다 닫았다 하면서 소리를 질러댔다.

또 시장을 나가거나 잠시라도 볼일을 보러 나갔다 들어오면 오강 속에다 이것저것 구분 없이 소지품들을 넣고 휘저어 화장실 문 앞에다 쏟아 놓고, 대변은 양말에 넣어 장 속에다 숨겨 놓아 보물 찾기를 하게 만들었다. 게다가 채워 놓은 기저귀는 발기발기 찢어 눈 내리듯 온 집 안에 뿌려 놓기도 했고, 헛것이 보이시는지 "저 도둑놈 잡아라!"라고 호령하기도 했다. 아무리 치매 환자라지만 내가 알 수 없는 시어머니의 살아온 모습과 성품이 그대로 나오는 것이 아닌가 하는 생각이 들어 실망이 더해 갔다.

난 밤마다 식구들이 잘 수 있도록 시어머니의 방 앞에서 보초를 서듯 밤새워 지켰는데, 가끔 남편이 교대해 주기도 했다. 그러다 보니 점점 지쳐가서 모셔올 때와 달리 내 마음 안에서 악마가 자라기 시작했다. 도대체 내가 무얼 얻겠다고 이 짓을 자청했나? 지금이라도 다시 모셔다드리고 싶은 마음이 굴뚝 같았다. 그런 생각 때문에 자존심도 많이 상했고, 남편 앞에서 창피하기도 했지만 솔직히 이 상황에서 벗어나고 싶었다.

그러던 중 심한 감기몸살로 인해 아무것도 할 수 없을 정도로

몸이 많이 아팠다. 할 수 없이 둘째 시아주버님께 전화해서 "제가 몸을 추스르면 다시 모셔올 테니 보름만 어머니를 모셔주세요."라고 부탁했다. 그렇게 모셔 가신 뒤 1년쯤 계시다 둘째 시아주버님의 품에서 돌아가셨다.

지금 생각해 보면 그때의 6개월이 그다지 긴 시간은 아니었지만, 나에게는 6년 같기도 하고, 60년 같기도 하고, 영원처럼 끝나지 않을 것 같이 느껴지던 시간이었다.

그러나 이 일을 통해 사람의 생각과 계산만으로는 얻어낼 수 없는 것을 얻었다. 하루하루를 버텨나기 위해선 기도가 필요했기에 기도하는 기회로 삼아주었고, 나를 기도하는 사람으로 만들어 주신 것이다.

단지 내 남편을 낳아준 엄마라는 것 외에는 그 어떠한 영향력도 주지 못한 시어머니라고 생각했는데, 바로 그런 시어머니를 통해 나를 단련시켰던 것이었다. 그 단련의 시간을 견디고 나서 단단한 나로 일어설 수 있도록 해준 것이다.

12

중국은 쳐다보기도 싫게 만든
두 번째 사업 실패

잠잠하던 남편이 또다시 직장을 그만두고 사업을 해보겠단다. IMF가 시작되기 전인 1996년경이었다. 경기가 어려워지자 수출도 안 되고, 국내에서도 판매가 안 되어 하청 공장마다 피혁의류가 쌓이게 되었다.

마침 집안의 아저씨뻘 되는 사람이 중국에 살고 있어서 그곳에다 점포를 얻어 공장에 쌓여 있는 옷들을 가져다가 팔아주고 수수료를 받는 일을 시작했다. 처음에는 제법 팔리기도 했지만, 가게 운영비와 직원들의 봉급, 한 달짜리 비자이다 보니 수시로 다녀야 하는 비행깃값과 중국에서의 생활비가 만만치 않았다. 그러다 보니 들여오는 돈이 적어 옷값을 제대로 지불하지 못해서 가지고 나갈 옷이 적은 데다가 설상가상으로 있는 옷마저 가게에 도둑이 들어 몽땅 훔쳐가 버렸다. 신용은 잃어가고 당연히 생활비도 가져오지 못했다. 아이들은 고등학생이라 한참 돈이 들어가야 했는데……

　그러자 남편은 "우리 중국에 나가서 살자. 거기도 사람 사는 곳이니, 그곳에서 살아보자."고 했다. '부창부수(夫唱婦隨)'라고 처음에는 그러자고 했다. 그러나 가만히 생각해 보니 살 곳이 마련되어 있는 것도 아니고, 한국에서 남 줄 돈을 못 줘서 사기꾼으로 몰릴 것이 두려워서인 거 같았다. 그래서 난 단호하게 말했다.

　"미련 다 접고 몸만 들어와서 새로 시작하자. 아니면 나는 이곳에서 아이들과 살 테니, 당신은 당신이 살고 싶은 데서 살아. 빌어먹어도 난 내 나라에서 내 나라말로 빌어먹을래."

　결국, 남편은 2년을 그곳에서 버티다 중국 사업을 접고 초췌한 모습으로 돌아왔다.

　남편은 자신이 일하던 피혁계에서는 나름 인정받은 사람이었지만, 중국 사업으로 인해 상황이 달라져 다시 일할 수 없게 되었다. 나는 다시 남편과 함께 돈을 주어야 하는 공장들을 찾아다니며 사장님에게 돈 갚을 시간을 달라고 사정했다.

　"그러면 언제까지, 얼마를 갚을지 써라!"

　"지금은 그런 걸, 쓸 수가 없어요. 앞으로 무슨 일을 할지도 모르고, 또 얼마를 벌지도 모르는데 만일 얼마라고 썼다가 안 되면 또다시 거짓말하는 게 되잖아요? 그렇지만 꼭 갚겠습니다. 그리고 사장님한테 도움이 될지는 모르겠지만, 저는 천주교 신자입니다.

줄 것 안 주고 저 혼자 먹고사는 일은 결코 없을 것입니다."

진심을 담아서 사죄와 함께 약속을 하고 돌아온 나는 남편에게 당장 몸으로 할 수 있는 택시회사에 들어가게끔 했다. 전업을 시킨 것이다. 남편은 운전도 잘했고, 머리 회전도 잘되는 사람인데다, 워낙 성실해서 회사에서도 인정받고 남보다 수입이 괜찮았다.

나는 최소한의 생활비만 빼고, 다섯 군데에 갚을 돈에 비례해서 나누어 갚아 나갔다. 처음에는 이자도 안 되는 돈을 보냈다고 화를 내며 야단을 쳤지만, "사장님, 사장님에게는 이자도 안 되는 적은 액수지만, 저는 쓰고 남은 돈이 아니라 우선적으로 먼저 갚는 것입니다." 하고 몇 년 동안 하루도 어김없이 보내는 정성을 보았는지 조용히 참아주었다. 남편은 한 푼이라도 더 벌기 위해 야간 일을 자처했고, 나는 밤낮이 바뀐 생활에 맞추느라 늘 종종거려야만 했다.

겉으로는 평온한 듯했지만, 남 돈 줄 사람이 줄 것 안 주고 잘 먹고산다고 할까 봐 죄스러운 마음에 시장조차 제대로 다니지 않았다. 이렇게 나는 살얼음판을 걷듯 살아나갔다. 내가 몸담고 살고 있는 이 세상에서 나로 인해 피해 보는 사람이 있어서는 안 된다는 것이 내 염원이요 기도였다. 그래야만 죽을 때 내 영혼이 가벼울 것 같아서.

잘못 살아서 죄의 무게를 자식들에게 물려주고 싶지 않았다. 이 세상에서의 얽혀서 풀지 못한 내 삶이 끝나 내가 없더라도 내 자식들은 이어서 살아가고 있으니까……

이렇게 온 나라의 위기였던 IMF 시절을 우리 가족도 어려움으로 동참했다.

13

"얘들아, 미안하다······. 면목없다."

정말 부모로서 자식들에게 힘든 말을 할 수밖에 없었다.

"얘들아, 미안하다······. 면목이 없다."

"아뇨, 괜찮아요. 다른 집도 그런 집 많아요. 차라리 잘됐어요. 이제부터 시작하면 그게 사는 길이에요."

남편이 택시 기사로 일한 지 5년 정도 되었다. 그동안 남편이 벌어온 돈과 아이들이 학교 졸업하고 군대 제대 후 취직해서 벌어온 돈까지 용돈만 조금씩 주고는 모두 빚 갚는 데 합쳤다. 하루라도 빨리 빚을 갚고 어떡해서든지 집만은 지켜보자며 달래고 이해시켰다.

그러던 중 남편이 택시 강도를 만났다. 두 명이 타면서 갈 곳을 정하고 차가 출발하려는 순간, 남편은 정신을 잃었다. 한참 시간이 흐른 뒤 깨어보니, 차가 출발지에서 어느 지점까지 이동해 있었고

운전석에 앉아 있던 남편은 조수석으로 옮겨져 있더란다. 무서운 마음에 무조건 집으로 가야겠다는 생각만으로 어떻게 집으로 왔는지 기억나지 않지만, 아무튼 집으로 돌아온 남편은 쓰러지듯 누워버렸다.

머리가 아프다면서 잠만 자기에 회사에 연락해서 차를 가져가라고 한 뒤 병원으로 가서 엑스레이와 CT를 찍어보니 충격에 의한 뇌 손상 뇌출혈이라고 했다. 그리고 앞으로는 후각도 잃고 방향 감각도 잃어버려 다시는 운전을 못 할 거란다. 어찌 살아나가야 할지 막막함에 머리가 하얘졌다. 그 사고 이후 남편은 상황에 맞지 않는 이야기를 하는가 하면, 성격이 몹시 급해져서 점점 나를 불안하게 만들었다.

그러나 그 무엇보다도 당장 생활이 문제였다. 병원비는 산재 처리하기로 했지만, 수입이 없으니 갚아나가던 돈도 보내줄 수 없고, 또 은행 대출금과 카드값은 어찌해 볼 도리가 없었다. 신용불량으로 이어지면서 나는 살기 위한 방법으로 파산하기로 마음먹었다. 아무리 생각해도 이 방법밖에는 없었다. 집을 팔아봐야 남 줄 돈도 다 못 주고, 게다가 이미 하청 공장 사장님이 근저당 설정을 해놓은 상태라 팔 수도 없었다.

남편이 입원한 병원, 법무사 사무실, 법원, 변호사 사무실, 은행……. 이곳저곳으로 뛰어다니며 참으로 고달팠고 허탈했다. 그러나 더 견뎌내기 어려웠던 것은 여태껏 최선을 다해서 열심히 살아왔건만, 그나마 집 한 채 있는 것마저 지켜내지 못한 못난 부모의 모습을 자식들에게 보여야 한다는 것이었다. 정말 비참한 생각이 들었다. 잘살아보자고 한 것이긴 하지만, 남편의 사업 실패로 인해 아이들에게 마음고생을 많이 시키고도, 그 보람마저 사라진 것이다. 차마 입을 열어 말하기가 너무 힘들었지만, 몇 날 며칠을 고심하다 아이들을 앉혀 놓고 말했다.

"애들아, 미안하다. ……면목없다."

14

개와의 싸움에서
난 지고 말았다

딸이 선물로 2개월 된 아메리칸 코카 스파니엘이라는 강아지 한 마리를 받아왔다. 인형처럼 귀엽고 예쁘지만, 집 안에다 키우기에는 안 되겠기에 다시 갖다주라고 했으나 일주일만 데리고 있겠다고 간곡히 사정하기에 그러라고 했다. 그러다 일주일이 되면서 강아지가 교통사고로 뒷다리가 부러졌다. 딸아이 말로는 이런 상태로 갖다주면 안락사를 시키니 다리라도 고쳐서 데려다줘야 한단다. 그 말도 틀린 말은 아닌 것 같아 속은 탔지만, 잠자코 있을 수밖에 없었다.

이렇게 시작된 인연이 7년 동안 같이 살게 되었다. 몸무게가 13킬로그램이나 되었고, 사냥개라 기다란 두 귀를 펄럭이며 집 안을 뛰어다니면, 정신도 없고 짧은 털이 날려 신경 쓰는 일이 점점 많아졌다. 기침도 자주 하고 숨이 차기도 해서 병원을 갔더니 천식이라면서 개를 키우면 안 된다고 했다. 하지만 그런 말을 식구들은 귓등으로도 안 들었다.

처음에는 개로 인해 건강이 나빠져 갔지만, 정작 힘들었던 것은 스트레스로 인해 마음의 병이 심각해졌다는 것이다. 가정 형편도 어려운데 개한테 쓰이는 돈도 적지 않았고, 내가 병들어 가고 있으니 제발 나를 위해 개를 다른 곳으로 치워 달라고 사정도 하고 눈물로 하소연도 해봤지만, 남편은 딸아이 때문에 안 된다고 미루고, 딸아이는 아빠가 너무나 좋아서 안 된다며 악을 올렸다. 아들이 군대에 간 사이 2 대 1의 싸움이 이어져갔고, 나는 몸과 마음이 피폐해졌다.

그러다가 가벼운 감기인 줄 알았던 것이 급성폐렴과 가슴막염으로 입원하게 되었고, 뒤이어 임파선결핵과 천식이 너무 심해졌다. 이대로 가다가는 몇 년 못 살 것 같은 불안감이 엄습해 왔다. 나는 살기 위해서 남편에게 선택하라고 했다.

"개냐? 나냐?"

도대체 이런 경우가 있는가? 이렇게 말하고 있는 내가 치사스럽고 창피하고 자존심이 상했다. 너무 억울하고 분했다. 30년 동안 갖은 고생을 다하고 살아온 내가 7년 된 개만도 못하다니…….

이렇게 말했음에도 남편은 개의 생명은 사람보다 짧고 또 죽을 때까지 책임져야 할 식구이니 나더러 이해하고 다 같이 살잔다. 어이도 없었지만, 그 어떤 말로도 대화가 안 되어 이런 상태로는 같이 살 수 없으니 내가 살기 위해선 이혼하자고 했다. 이렇게 내가 세게 나가면 어쩔 수 없이 양보하려니 했다. 그러나 내 예상은 완전히 빗나갔다. 남편은 그러자는 듯이 고개를 끄덕였다. 말 그대로 참 기가 막혔다. 이 남자가 여태껏 나랑 살아온 남자가 맞나? 헛웃음까지 나왔다.

부모님의 이혼으로 어릴 적 상처가 컸기에 나는 무슨 일이 있어도 내 사전에 이혼은 없었다. 아니, 입 밖으로 이혼이란 단어조차 안 내리라 굳게 마음먹었기에, 그 어떤 어려움 속에서도 묵묵히 살아왔었다. 그런데 이때만큼은 나도 어쩔 수가 없다는 생각이 들었다.

"그래, 이혼하자. 엄마 팔자 닮았다 해도 할 수 없지."

그랬었다.

개와 사람과의 싸움, 정말 이것만은 아니어야 했는데……. 그동안 내가 겪어 온 그 어떤 어려움 중에서도 정말 최악의 사건이었다.

15

"인내도 할 것 없다.
있는 그대로 받아들여라."

파산 후 집이 경매로 넘어가기 전, 변호사의 귀띔으로 경매가로 아는 사람에게 파는 것이 유리하다고 말해 주어 다행히 잘 아는 동생이 내 집을 사주어서 일이 잘 마무리되었다. 그래서 20년 이상 살아왔던 내 집에 월세로 살게 되었다. 길거리에 나 앉는 일을 겪지 않게 되어 그나마 다행이라 감사했지만, 솔직히 마음은 허탈했다.

머리가 하얗게 세어가는 이때, 난 거꾸로 사는 삶을 살게 된 것이다. "젊어서 고생은 사서도 한다."는 옛말처럼 그동안의 고생은 안정된 노년을 대비한 고생이라 생각하고 견뎌낼 힘이 있었다. 그런데 지금 내 삶은 어땠는가? 부모님이 이혼한 열한 살 때부터 시작해 50이 넘은 이 시간까지, 가슴 한 번 크게 펴보지 못하고 늘 계속된 사건들로 인해 아프고 힘겨워도 행복한 내일을 위한 저축이려니 하고, 오뚝이처럼 일어서고 또 일어섰다. 한 번밖에 못 사는 삶이니 게을러도 안 되었고, 주저앉아도 안 되었고, 낙오되어서도 안 된다는 생각에 무던히도 애써왔다. 가슴 깊은 곳에서부터 올라오는 뜨거운 눈물을 얼마나 많이 흘렸던가? 이제는 더 잃을 것도 없었다. 고통의 종합세트를 끌어안고 그 무게에 짓눌려 바닥에 팽개쳐졌다. 아~ 이대로 끝인가? 그동안 흘러왔던 눈물이 아까웠다. 그러다 보니, 실패한 삶을 사는 사람처럼 보였던 다른 사람들이 이해가 되었다. 게을러서가 아니라, 그 사람들도 노력했지만, 사람의 힘으로 안 되는 게 있어서 그랬구나 하고 말이다.

하지만 그 순간, 오기가 발동됐다. 그래서 내가 믿는 신에게 따졌다.

"주님, 이 나이까지 내 십자가를 내가 지고, 주님의 뜻을 따르는 마음으로 크게 대들지 않고 군소리 없이 묵묵히 살아왔는데, 아직도 얼마나 더 참고 인내하며 살아야 하나요?"

"이 정도 고생했으면, 이제는 좀 잘살게 해줘도 되지 않아요? 홀아비가 과부 사정 알 듯이, 없어 봤으니 없는 사람 알고, 있다 해도 나 혼자 배를 불려 가며 쓰지 않을 줄 아시잖아요?"

난 혼자 미친 여자처럼, 따져 묻고, 대답하고, 악을 썼다.

"그래도 아직 인내하라고요? 알았어요. 인내할게요. 내가 인내 말고, 뭐할 게 있겠어요? 인내라면 이제 이력이 났으니까, 인내하죠. 뭐, 좋아요. 인내할게요."

그러면서 혼자 가슴을 쾅쾅 치면서 하늘을 향해 눈을 치켜떴다.

그때, 바로 그때였다. 조용하면서도 힘찬 소리가 들렸다.

"인내도 할 것 없다. 있는 그대로 받아들여라."

공기가 꽉 차 있던 풍선이 바람이 빠져 흐물거리며 바닥에 내려 앉듯, 내 몸 안의 모든 기운이 열 손가락 끝으로 다 빠져나가는 것을 느꼈다. 머리도 멍해졌고, 가슴이 헐렁해졌다. 다리의 힘이 풀려 그 자리에 풀썩 주저앉았다. 이제는 더 이상 눈물도 나지 않았다.

그 말뜻을 알아들을 수가 있었고, 받아들일 수가 있었다. 그동 안 내가 잘살아야 한다는 오기로 버텨 온 것이 얼마나 나 자신을 다치게 했고, 또 힘들게 했는지 알게 되었다. 그래서 이것이 나를 사랑하시는 나의 주님이 나에게 주는 사랑의 표시요, 배려임을 느낄 수 있었다. 엎어진 김에 쉬어 가랬다고 난 몸과 마음을 완전히 내려놓고 쉴 수 있는 여유가 생겼다. 바닥을 쳤으니, 이제 올라갈 일만 있겠지. 그렇게 생각하니, 가슴이 뻥 뚫리고 시원했다.

2부

마음의
재테크로
감사의 삶을
살게 되다

보석이
된아픔

16

우군을
만들어야지

　우리 부모님은 내 나이 열한 살에 이혼할 때까지 자식이라곤 나 혼자뿐이었다. 당시는 이혼도 드물었지만, 무남독녀 외동딸 또한 매우 드물었다. 그래서 난 늘 외로웠다. TV에서 어린 형제들이 부모를 잃거나 사정상 고아원에 맡겨질 때, 맏이가 동생들의 손을 꼭 잡고 끌어안으며 같이 살고자 하는 욕망에 안간힘을 쓰는 모습을 보면서 불쌍한 생각이 들어서 울기도 했지만, 한편으로는 부러움 때문에 더 울었다.

　이 넓은 세상을 살아가야 하는 두려움보다는 함께할 사람이 내 곁에 아무도 없다는 사실이 더 두려웠다. 초등학교 때는 어려서 잘 몰랐지만, 중학교에 들어가서는 친구들과 이야기만 나누어도 내 설움에 복받쳐 우느라 친구들을 안타깝게 했다. 그러나 그때 내 친구들은 그런 나를 멀리하지 않고 끝까지 내 얘기를 들어주었고, 내 눈물의 사연에도 동감해 주었다.

그러나 고등학교에 들어가면서부터 내 생각은 달라졌다. 이제 더이상 우는 일 따위는 끝내야겠다. 언제까지나 울고만 살 수는 없는 일 아닌가? 내 삶의 아픔을 남한테 하소연하기보다는 차라리 내 안으로 끌어들이고, 나에게 맞는 살아가는 방법을 생각했다.

나는 미친 듯이 책을 읽었다. 가리지 않고 닥치는 대로 읽었다. 주위 사람들로부터 얻지 못한 삶의 지혜를 책을 통해서 얻게 되었다. 그 뒤부터 책이 나의 유일한 부모요, 선생님이요, 인생의 롤모델이었다.

책이 준 많은 교훈 중에서 첫 번째로 실천하기로 정한 것이 "내 편을 많이 만들자!"였다.

'그럼 내 편을 만들려면 어떻게 해야 할까? 우선, 적을 만들지 말자! 적은 어떻게 해야 안 만들 수 있을까? 그래, 말을 조심하자. 말로써 상대에게 상처를 주는 일은 하지 말자. 그러다 보면 내 편이 생기겠지. 어차피 피를 나눈 내 형제나 내 편은 없으니까, 내가 나의 우군을 만들어야 이 세상을 살아갈 힘이 되겠지.'라는 생각과 함께 "40대 이후의 인생은 자기가 책임져야 한다."는 말을 늘 마음속에 새겼다.

스무 살도 안 된 나이에 나는 이미 40대의 내 얼굴 모습을 그려 봤다. 누구라도 나를 보면 인생의 깊이나 지혜를 품은 사람으로 볼 수 있게끔 잘 다듬어진 사람이 되고 싶었다.

'그럼 60이 된 지금, 난 어느 정도까지 되어 있을까?' 나 자신에게 물어본다. '이 정도면 성공이다. 내 성공의 척도는 나를 아껴주고 사랑해 주고 용기를 주는 우군이 많은 것이다.'라고 자신 있게 말할 수 있기 때문이다.

이제는 외로움 때문에 우는 일은 없다. 도리어 감사하고 고마워서 운다. 또, 나에게는 치료약도 없는 불치병이 하나 있다. 착각에는 커트라인도 없다는 공주병이 있다. 생김새가 예뻐서도 아니요, 2퍼센트 부족한 눈·코·입·귀로도 생긴 그 자체에 대해서 불만을 갖지 않는다. 그저 감사해서, 남이 나를 예쁘다고 말해 주지 않아도, 나 자신을 예쁘다고 생각하고 나의 가치를 높인다.

딸아이에게 "엄마, 12억에 내놨다. 팔리면 너 필요한 거 해줄게." 하고 농담했더니, 딸이 하는 말, "엄마, 나도 12억이 안 돼. 엄마처럼 몸도 안 좋고, 약값도 많이 들고, 밥도 많이 먹는데, 아마 이마에 돈을 붙여 놓으면 돈만 떼어 갈걸." 그런다.

그래도 나는 내가 12억에 팔릴까 봐 걱정된다. 난 소중하니까……

17

작대기 두 개짜리
일병과의 결혼식

 난 꼭 스물네 살 가을에 결혼하기로 마음먹었었다. 그 당시에는 그 나이가 결혼 적령기였기에. 그러나 3년이나 사귀던 남자가 뒤늦게 군대에 갔고, 그가 제대해서 결혼하면 스물네 살이 훌쩍 넘어가게 생겼다.

 '이걸 어째야 하나?'

 가만히 이쪽저쪽을 바라보니, 시댁 쪽에서나 친정에서나 먼저 결혼식을 올려줄 형편이 아니었다. 대학을 다니다 군대에 갔으니, 언제 돈을 벌겠는가? 홀로 계신 시어머니는 아무런 능력이 없었고, 형제들은 각자 자기 가족을 거느리고 살아가기 급급하고, 또 우리 집에서는 남자가 군대에 있으니 급할 것이 없었고……. 이대로 어영부영하다가는 어쭙잖게 동거로 이어질 것 같아서 나만 바빠졌다.

 난 결혼을 '제2의 인생이 시작되는 것'으로 생각했기에 반듯하게 시작해서 축복을 받아야 했다. 그래서 머리를 짜내어 계획을 세운 후 친구들에게 도움을 청했다.

제일 먼저, 그동안 붓고 있던 계를 타서 부엌도 제대로 갖추어 있지 않은 방 한 칸부터 얻었다. 그리고 결혼식장은 친구의 직장인 향군회관을 무상으로 빌리고, 드레스는 평화시장을 돌면서 천과 레이스를 끊어서 손재봉틀을 하는 친구에게 부탁하니 만들어 주었다. 머리에 쓰는 베일은 2주 전에 먼저 결혼식을 올린 친구의 것을 빌렸고, 화장품도 없었던 나는 친구가 자기 것을 가지고 와서 신부화장을 해주었다. 오직 머리만 미장원에 가서 드라이를 하고 드레스를 입은 채로 택시를 타고 예식장으로 달려갔다. 예식은 12시였는데, 도착하고 보니 12시 21분이었다.

드디어 신랑 입장!!! 빨간 작대기 두 개를 단 일병의 군복을 입은 신랑이 군홧발로 뚜벅뚜벅 걸어들어갔다. 장교도 아니고 직업 군인도 아닌 일병이 군복을 입고, 그것도 보름 휴가를 받은 사이에 결혼식을 올리는 건 처음 본다며 하객들은 신기해했다. 두고두고 기억에 남을 거라고 이야기했다.

제대로 갖추어 시집 보내지 못해서 서운해하며 우는 엄마의 등을 토닥거리면서 나는 이렇게 말했다.

"엄마, 걱정하지 마. 바리바리 싸서 짊어지고 가도 못살 사람은 못살고, 맨몸으로 가도 잘살 사람은 잘살아. 나는 잘살 거니까, 걱정 하나도 하지 마."

이건 도대체 시집가는 딸에게 엄마가 해야 할 말을 시집가는 딸이 엄마에게 하고 있었다.

부모가 해주는 밥을 먹으며 편하게 살아왔다면 과연 인륜지대사인 결혼식을 이렇게 스물네 살의 아가씨가 당차게 치러낼 수 있었겠는가? 분명히 그런 일은 없었을 것이다. 정말 그때 난 대단했다. 대체 어디서 그런 용기와 꾀가 나왔을까.

가구는 처녀 적부터 내 방에 있던 것과 엄마의 물건 중에서 필요한 것들을 가져왔다. 그러다 보니 모두가 중고였고, 신랑과 신부만 새것이다. 이렇게 해서 스물네 살 가을은 아니었지만, 난 스물네 살 겨울에 한 사람의 신부가 되어 흰 눈이 펑펑 쏟아져 내리는 날 고속버스를 타고 강원도 낙산사로 신혼여행을 떠났다.
신랑은 여전히 군복 차림으로.

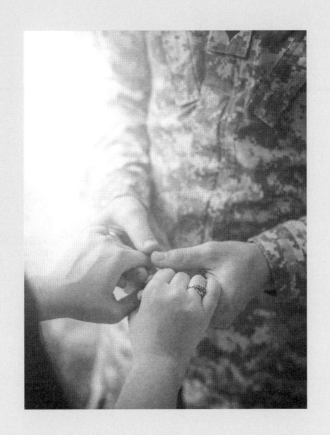

18

전혀 생각지 못한 삶의 오차로
얻게 된 행운

　내 인생의 첫 계획표였던 고등학교 졸업 후 직장 잡는 것부터 내 삶의 오차는 시작되었다. 내가 말한 오차는 '신의 영역'이다. 사람의 계획만으로는 되거나 이루어지지 않는 부분 말이다. 친구들은 부모님이 해주시는 밥에 편히들 대학에 다니며 멋을 부리고 다닐 때, 난 미리 돈을 벌어서 자리 잡고 당당해지려고 했다. 엄마의 고생도 덜어주고 효도하다가 괜찮은 사람을 만나서 남보란 듯이 결혼도 하려고 했다.

　그런데 그게 아니었나 보다. 취직을 위해 나름대로 준비를 했지만, 제도가 갑자기 바뀌는 바람에 취직도 안 되더니, 엄마를 모시기는커녕 내 앞가림도 제대로 못 하고, 조급한 마음에 엄마를 재혼이라는 불행 속으로 등 떠밀어 버렸다. 그리고 나서 나는 없어도 없어도 어찌 그리도 없는 남자를 만나 뒷바라지하면서도 도리어 맘 다칠세라 늘 전전긍긍하며 살아왔다. 그리고 남편은 사정과 형편을 잘 알면서도 택한 사람이어서 누구를 원망할 수도 없지만, 난 나 나름의 맞는 사람이라고 생각했다.

어렵사리 결혼하고 나서는 또 어땠는가? 군대에 가 있는 남편의 몫까지 해야 해서 백일 지난 딸아이를 뉘어 놓고 중고 리어카를 장만해 시장에 나가 호떡 장사를 했다. 물론 이것은 손녀지만 늘 딸처럼 여겨주는 우리 외할머니가 오셔서 함께해 주셨기에 가능했던 일이다. 하지만 무엇보다 나는 먹고살아야 했고, 또 대학을 다니다 입대한 남편이 제대한 뒤에도 학교를 계속 다닐 수 있게 마련해 놓으리라 했던 약속을 지키기 위해서이기도 했다. 그러나 막상 제대가 다가오니 그게 아니었다. 학교 공부도 중요했지만, 생활인이 먼저여야 한다는 생각이 들었다. 왜냐면 돌쟁이 딸도 있는데 먹고사는 일보다 학교 갈 꿈에 부풀어 있는 남편에게 가장으로서 책임 있게 일하는 게 더 시급하다고 생각했던 것이다. 그래서 난 과감히 호떡 장사 일을 접었다.

남편은 34개월의 군 생활을 끝내고 제대하자마자 새벽에는 우유 배달 일을 마치고 노동일을 겸했고, 나는 미처 준비하지 못한 작은 아이의 임신과 출산에 집중했다. 당연히 두 아이를 키우면서 겪어 내야 하는 크고 작은 일들로 인해 내 나이조차 잊은 채 몇 년의 세월이 숨 가쁘게 지나갔다. 큰아이를 유치원에 보내고 나서야 겨우 나를 보게 되었다.

그동안 어려움들이 계속되었지만, 지금 지극히 보통 사람인 남편과 딸 하나, 아들 하나를 둔 엄마 노릇을 하고 있다는 사실만으로도 난 참 가진 게 많다는 생각이 들었다. 이런 감사한 마음을 표시하고 싶었던 나는 '그럼 어디다, 누구에게 감사할까?' 고민하다가 변하기 쉬운 인간보다는 변치 않을 신에게 해야겠다고 생각했다. '그렇다면 어느 신께 할까?' 이리저리 오래전 기억을 되살려 결국, '하느님'을 믿고자 성당에 나가기로 했다. 그렇게 해서 난 신앙인으로서 살게 되었다.

돌이켜 생각해 볼 때 내가 계획한 대로 이루어진 삶을 살게 되었다면 난 얼마나 교만했을까? 나 잘난 맛에 내 자랑으로 다른 사람들을 무시하고 살았을지도 모른다. 그러나 난 인생의 오차가 신의 개입이요 영역이라 생각하니, 얼마나 감사한지 모르겠다. 그랬기에 그 이후에 일어나는 어마어마한 일들을 묵묵히 견뎌낼 수 있는 지혜와 힘을 주셨다고 굳게 믿는다.

지금껏 살아오면서 내 평생에 가장 잘한 일이 있다면 그건 하느님을 알고, 그분의 부르심에 대답을 했다는 것이다.

19 ····

한 조각도 거저
얻은 건 없네

 스물네 살에 결혼하고 나는 세월도 잊고 나이도 잊은 채 살아오
다 어느 날 문득 서른 살이 되어 있음을 깨달았다. 그때서야 비로
소 허리를 펴고 주위를 둘러보게 되었다. 딸아이가 유치원에 다니
게 되면서부터 같은 유치원에 다니는 아이들의 엄마들과 만나게
되었고, 유치원 행사를 함께하면서부터 친하게 지내게 되었다. 이
집 저집 돌아가면서 전도 부쳐 먹고 떡도 해먹으며 무엇이든지 먹
을 것이 있으면 모여서 함께하는 시간이 많다 보니 자연스레 이야
기도 많아져 갔다.

 그 당시 남편은 회사에 얼마나 충실한지 새벽에 나가 오밤중에
들어오거나 야근도 많았고 출장도 잦았다. 일주일이면 집에 들어
와 자는 날이 반도 안 될 때가 많았다. 어느 날부터 외롭다는 생각
이 들었다. 다른 집들은 해가 지면 남편들이 들어오고, 늦은 시간
이 되도록 불이 켜져 있는 걸 보면, 괜스레 허전하고 나만 혼자인

것 같았다.

　동네 친구 중 유난히 눈에 띄는 친구가 있었다. 널찍한 단독주택에서 살았는데 살림도 넉넉했으며 자기네 상점을 운영하고 있으니 시간에 얽매이지 않아 해가 지면 그 집 남편은 일찍 들어와 아이들과 놀아주었다. 그런데다 잘생겼고 키도 컸다. 반면에 그 친구는 뚱뚱하고 얼굴도 예쁘지가 않았다. 내가 보기엔 어울리는 그림이 아니었다. 샘도 나고 부럽기까지 해서 나는 궁금해지기 시작했다.
　'도대체 무슨 복으로, 인물 좋고 경제력까지 갖춘 남자를 만났을까?'
　그래서 아이들을 앞세워 놀러 간다는 핑계로 자주 드나들면서 살아온 이야기를 들었다. 가진 거라곤 허울 좋은 반반한 인물 말고는 아무것도 없는 남편과 시어머니는 그런 아들 앞세워 며느리의 친정집이 여유 있는 것을 알고 요구 사항이 많았단다. 그러면서도 얼굴이 못생겼다고 무시했다고.
　보이는 겉모습만 보고 샘내고 그 친구가 남편 잘 만나서 거저 누리고 사는 줄 알았더니 그게 아니었다. 지금까지 살아온 이야기를 하면서 눈물을 흘리는 그 친구를 보고서야 나는 알게 되었다. 그 어느 누구도, 그 어떤 한 조각도 거저 얻어지는 건 없다는 것을.
　그 후로 나는 겉으로 보이는 것이 다가 아님을 알게 되었고, 그 일을 통해 섣부른 판단이 얼마나 나쁜 일인지를 배우게 되었다.

마음으로, 생각으로, 남의 것을 탐냈던 나 자신이 너무나 부끄러웠다. 그리고 나니 잘 참고 살아온 그 친구가 너무나 예뻐 보였으며, '그래 너는 지금을 누릴 자격이 충분해.'라고 말은 못 해주었지만, 마음속으로 인정해 주었다.

살다 보니 때론 문득문득 다른 사람이, 아니 다른 사람이 지닌 것이 부러울 때가 있다. 그러나 그 사람들의 보이지 않은 수고나 고통은 안 보고 보이는 결과에만 욕심을 부렸다고 생각하고는 얼른 그런 마음을 돌린다. 남의 것은 남의 것이지, 결코 내 것이 아니라고 생각하며 욕심을 내려놓고, 그 사람의 몫이라는 걸 인정해 주면 된다.

아무리 부족해도 내가 가지고 있는 것만이 내 것이니까.

20

내가 내놓을 수 있는
유일한 것

동네의 성당 식구들과 반 모임 후 대여섯 명이 달걀과 과일 등 먹을 것을 사 들고 '장애인의 집'을 방문했다. 아담한 이층집으로, 아래층에는 여성 장애인이, 위층에는 남성 장애인들이 살고 있었다. 몇 명의 봉사자들과 신부님이 운영하는 집이었다.

우리들이 방문하자 고맙다며 빙 둘러앉아 이야기도 나누고, 기도와 성가도 함께 불렀다. 얼굴은 일그러지고 발음도 정확하지 않고 음정도 안 맞는 그들을 보면서 나는 불쌍하다는 생각으로 고개를 숙이고 울었다. 그런 나를 보던 봉사자가 이렇게 말했다.

"자매님, 울지 마세요. 저들은 육신의 장애인이지만, 영혼은 너무 순수해요. 도리어 저희들이 영혼의 장애인이랍니다. 저들은 우리들을 위해 기도하고 있어요."

그 말을 듣고 바라보니, 노래를 부르는 모습이 천사처럼 보였다. '나 또한 눈이 하나 안 보이는 장애로 많은 것을 잃고 산다고 생각했는데……, 저들은 보이는 장애로 인해서 얼마나 큰 아픔을 안고 살아갈까?'라는 짧은 내 생각으로 그들을 불쌍하다고 했던 내가 부끄러웠다. 그동안 나는 내 아픔만 생각했고, 그래서 나만을 위한 기도만 했지, 남을 위한 기도는 생각도 못 했던 것이다.

그곳을 다녀온 후 장애인을 보는 시각이 달라졌다. 그러다 천주교재단에서 행하는 장기기증을 하게 되었다. 살아서 떼어주는 것은 무섭지만, 사후에 기증하는 것이기에 두려움 없이 기꺼이 할 수 있었다. 이렇게라도 남을 위해 내놓을 수 있는 건 장기뿐이라는 생각이 들었다.

그래서일까? 고등학교 1학년 열일곱 살 때 아무런 이유도 원인도 모른 채 한쪽 눈이 실명되어 25년간 한 눈으로 살게 되었고, 너무 오랫동안 그랬기 때문에 이미 시신경이 다 죽었다고 생각했다. 하지만 친구의 권유로 큰 기대 없이 삼성병원에 가게 되었다.

"왜 오셨나요?"

"시신경까지 다 죽어서 어차피 한 눈은 안 보이겠지만, 다른 한 눈까지 점점 더 안 보이는 것 같아서 무슨 방법이 없나 해서요."

"누가 시신경이 죽었다고 그러던가요?"

"간간이 안과에 갈 때마다 물어보면, 그렇다고 그러던데요." "그래요? 그런데 아직 시신경은 살아 있어요. 그러나 그것보다 더 심각한 것은, 다른 한 눈까지 실명으로 진행 중이라는 거에요."

"그럼 어떻게 해야 하나요?"

"지금으로써는 각막이식 수술밖에는 다른 방법이 없어요."

"각막은 어디 있는데요?"

"기증자에 의해서 기증을 받아야만 합니다."

"기증은 언제 받는데요?"

"그건 알 수 없죠. 순서대로 기다렸다가 차례가 되면 연락이 갈 거니까. 우선, 신청부터 하시죠."

복도에 나와서 주저앉아 한참을 울었다. 시신경이 살아 있다니 다행이었지만, 한 눈마저 실명으로 진행 중이라기에 무서웠고, 기증 받을 순서가 스물한 번째라는 게 막연해서 눈물만 나왔다. 살아생전에 그 순서가 내게 오기는 오는 건가? 언제 올지 몰라서 큰 기대를 안 했다. 그러던 것이 한 달여 만에 병원으로부터 연락이 왔다.

"지금 최대한 빨리 수술받을 준비하고 오세요."

연락을 받고, 가슴이 쿵쿵대고 발이 안 보이게 눈물이 쏟아졌다. 그렇게 해서 나는 기적적으로 각막이식 수술을 받을 수 있었다. 기증자가 누구냐고 물었지만, 알려 줄 수 없다면서 "1년 동안 지내다가 부작용이 일어나지 않고 눈이 잘 보인다면 봉사하고 살아가시면 돼요."라고만 했다.

이렇게 해서 25년 만에 난 새 눈을 얻고, 새 삶을 다시 살게 되었다. 한 생명의 숭고한 죽음으로 한 사람이 생명을 이어받았듯, 나 또한 내 장기기증으로 다른 사람에게 생명을 이어주고 싶다.

21

동원 참치
바보

30대 후반으로 들어서면서부터 해마다 3~4월이 되면 나는 마음 앓이를 했다. 대학을 포기한 것에 대한 미련이 남아서인지 시험을 보는 꿈, 준비물을 챙기지 못해 학교를 지각하는 꿈, 안타까워 발을 동동거리는 꿈을 자주 꾸었다. 3월의 바람이 쌀쌀한 탓도 있었지만, 가슴이 뻥 뚫린 사이로 찬 바람이 들어오면 시리고 아려서 두 손으로 가슴을 감싸며 여미곤 했다. 하늘을 올려다보며 왜 이렇게 허전하고 형체도 알 수 없는 그리움에 또 외로워졌다. 터벅터벅 성당을 향해서 가는 발걸음이 무겁고, 이 세상을 나 혼자만 걸어가고 있는 느낌이었다.

건널목을 건너기 위해 신호를 기다리다 문득 옆 건물 벽을 보았다. 누가 썼는지 삐뚤빼뚤 쓰여 있는 글 '동원 참치 바보'를 무심코 바라보다 '무슨 뜻으로 쓴 걸까?' 하고 생각했다. 그러다 내 입가에 피식 웃음이 번졌다. 그 순간 가슴 저 밑바닥에서부터 알 수 없는 뜨거움이 차올라 오면서 뻥 뚫린 가슴이 꽉 채워짐을 느꼈다. 갑자기 눈물이 핑 돌아 길도 못 건너고 벽 쪽으로 돌아서서 울었다.

어른이 되어서도 채울 수 없는 외로움을 눈여겨보시고 누군지 알 수 없는 어린아이의 손을 통해 쓰인 뜻도 모를 '동원 참치 바보'라는 글이 나의 오래된 고질병을 고쳐준 것이다. 연약한 나를 치유시켜 주시기 위해 연약한 고사리손을 빌리셨으리라 믿어 의심치 않는다.

그러자 한 가지 꿈이 생겼다. 손님 맞을 방 하나를 꾸며 놓고 마음 아픈 이들을 맞아들여서 그들의 아픔을 들어주자. 그리고 된장찌개 보글보글 끓여서 없는 반찬일지라도 따뜻한 밥 한 끼를 같이 먹자. 여린 마음을 달래는데 여린 손이 필요했듯이, 내가 가진 웃음과 그들의 말을 들어주는 귀와 손 맞잡고 기도하는 데 내 손을 쓰자. 내가 위로받았듯, 나 또한 위로하는 사람이 되어 상처받은 마음들을 어루만지고 달래주자. 아~ 내가 가진 게 한 가지 더 있다. 많은 아픔을 겪었으니 그들과 공감할 수 있는 마음이 있다. 이렇게 쓰라고 여러 가지 경험을 하게 하셨나 보다.

방송통신대학 영어영문과에 원서를 냈다. 이왕 공부할 거면 무역회사에 다니는 남편에게 도움도 되고, 아이들에게 넓은 세상을 알게 해주고, 나도 그랬으면 하는 마음으로. 워낙 요령도 없고 한

곳에 집중하면 아무것도 돌아보지 못하는 성격 탓에 살림을 못 할 정도로 사전과 씨름을 했다. 나를 발전시킨다는 생각에 공부하는 재미도 있었지만, 1학년을 마치고는 그만두었다. 내 공부도 소중했지만, 당장 아이들과의 시간이 더 소중하게 느껴졌기에, 이제는 공부에 대한 더 이상의 욕심이나 미련을 접을 수 있었다.

이렇게 해서 지독했던 외로움 병도 고쳐졌고, 대학 못 간 아쉬움도 다 채워졌다.

22

"난 네 기도
다 들어줬다."

외출하기 위해 화장을 하면서 설거지를 하는 남편의 뒷모습을 바라보았다. 가벼운 손놀림으로 춤추듯 하는 남편이 못마땅했다. '저런 거 해주면서 잔소리하지 말고, 차라리 그냥 놔 둬주는 게 더 낫지.' 하며 삐죽거렸다.

연애 때부터 알고 시작했지만, 그래도 시댁이 너무 못살아서 막내라 해도 한 푼의 도움도 받지 못하고 살다 보니, 처음에는 서운하다가 나중에는 나도 모르게 무시하는 마음이 들었다. 형제 없는 나로서는 시댁 형제들과도 잘 지내고 싶었고, 삶의 지혜도 배우고 싶었다. 그러나 살아가는 사고방식이 너무 달라서 마음이 가지 않았다.

남편 또한 살다 보니 바라던 남편상이 아니었다. 바위처럼 든든하고 바다처럼 너그러워 힘들 때는 조용히 내 손을 잡아주고, 어깨를 내어주는 사람이기를 기대했다. 또 사소한 내용이라도 조용히 대화를 나누며 내 이야기에 귀 기울여 주었으면 하고 바랐다.

이런저런 생각으로 마음이 복잡할 때 조용한 목소리가 내 귓전을 울렸다.

"난 네 기도 다 들어줬다."

'도대체 뭘 들어주었단 말인가?'

가만히 생각해 보니, 시댁이 못사는 걸 알고서도 시작했던 것은, 있는 집에 가서 주눅이 들기보다는 없는 집에서 당당해지고 싶었고, 받은 게 없으니 반대로 달라고 할 사람이 없을 테고, 바라던 남편상이 아닌 것은, 이 세상에는 존재하지 않는, 책에서나 있거나 연속극에서나 있을 법한 가상의 완벽한 남성상을 만들어 놓고, 그 틀에 맞추려고 했으니 당연히 내 마음에 들지 않을 수밖에 없었다는 걸 깨닫게 되었다.

'아…… 정말 내가 원하고 마음먹은 대로 다 이루어졌네……'

그런데다 여태껏 잘났든 못났든 나만 예뻐해 주고 사랑하겠다는 그 마음이 변치 않았고, 꾸물거리느라 아침 먹은 거 설거지도 안 하고 외출 준비를 하는 나를 돕겠다며 스스로 해주는 심성이 고운 남자라고 느껴졌다.

'여보, 미안해. 내가 참 많이 모자라네. 그리고 고마워.'

난 정말 몰랐었다. 혼자 크다 보니 이 세상 정보에 둔하고 어두워 내가 만들어 놓은 가상의 남편상 때문에 본인이 얼마나 힘들었을까를…….

남편은 가끔 내게 이런 말들을 했다.

"당신은 동그라미 아니면 엑스밖에 몰라. 그 사이에는 세모도 있고, 네모도 있는데."

"당신은 참 바르게 잘살고 있어. 그런데 나는 힘들어. 아무리 노력해도 당신의 라인을 따라갈 수가 없어."

"너무 맑은 물보다는 적절히 탁해야 고기도 많아."

군이 입을 열어 말은 안 했지만, 내 사고와 생활 태도가 얼마나 식구들에게 큰 부담이며 강요였는지를 반성하게 되었다. 그래서 그때부터 나사를 하나 푼 사람처럼 살아야겠다고 결심했다. 그러다 보니 지금은 나사를 풀다 못해 너무 많이 빠져서 실수가 남발이다. 내 실수의 숫자만큼 식구들이 놀리면서 웃는다. 그래서 실수투성이고 모자란 내가 좋다.

23

내가 나에게 준
52년 만의 휴가

내가 마흔아홉 살을 꽉 채운 12월에 나의 친아버지가 돌아가셨다. 돌아가시기 일주일 전에 놀다 가시면서 남편에게 "자네는 부지런하고 성실하고, 어른들한테 잘하니 복 받을걸세. 복 많이 받을 거야."라며 아낌없는 칭찬을 해주셨다. 게다가 아버지가 돌아가신 뒤 꿈도 무척 좋았기에, 여태껏 힘들었던 모든 것을 아버지가 다 안고 가셔서 이제부터는 좋은 일만 생길 거라고 기대했다.

그러나 기대와는 달라도 너무 달랐다. 남편이 택시 강도를 만나는 사고를 겪었고, 파산으로 인해 집이 넘어갔으며, 나는 목숨만 간신히 남은 것처럼 건강을 잃었고, 개로 인하여 가족과 싸우다 싸우다 이혼하려고까지 했으며, 결국 그 일 때문에 딸까지 내쫓고 말았고……

이런 일들을 겪으면서 어떤 작은 일조차도 내 머릿속으로 생각하거나 고민하지 않기로 했다. 그냥 숨만 쉬면서 살자고 마음먹었다. 너무나 지쳐 버렸기에.

그러면서도 남아 있는 내 인생 여정을 어떻게 살아갈까 생각하다가, 죽을 때까지 할 수 있는 봉사 거리를 찾아내기로 했다. '내가 할 수 있는 게 뭘까? 나에게 주어진 달란트가 뭘까?' 아무것도 없는 것 같았지만, 그래도 내가 다른 사람의 이야기는 잘 들어줄 수 있을 것 같았다.

그러던 차에 『평화신문』에 '영성심리상담봉사자과정' 모집 공고를 보고 접수를 했다. 그저 말만 들어주는 것보다는 체계적으로 배워서 제대로 봉사하고 싶어서였다. 상담사가 되어 남의 아픔을 공감하려면 우선 나의 아픔과 대면해야 했고, 그러기 위해선 내가 우선 상담을 받아야 하는 과정이 있었다. 열두 번의 상담을 받던 중 열 번은 깊고 뜨거운 울음을 펑펑 쏟아냈다. 어린 시절 부모의 이혼 때부터 시작해서 쉰두 살이 된 지금까지, 가슴 깊숙이 눌려 있던 응어리들이 다 올라왔다.

단 한 번도 어린애 노릇 못해 보고 애늙은이로 눈치만 보고 살아왔던 것, 비록 나 스스로 포기하기는 했지만 사실은 대학에 가고 싶었던 것, 내 감정보다는 남의 감정을 살피느라 마음 졸이던 것, 불만이 없는 사람처럼 표현 한 번 안 하고 참기만 했던 것 등등. 미처 생각도 못 해봤고 잊고 살았던 지난날의 내가 불쌍하고 측은해서 울고 또 울었다. 그동안 그렇게 많이 울었어도, 아직도 남아 있는 눈물이 있었는지……. 치유를 받았다고 생각했건만 아직도 덜 아물었나 보다. 실컷 얘기하고 실컷 울고 나서야 나는 홀가분하고 가벼워졌다. 태어나서 52년 만에 처음으로 나의 참모습을 보게 되었고, 그런 나를 위로하고 안아주었다. 그리고 내가 나에게 휴가를 주었다. 영혼의 휴가, 삶의 휴가를.

국민건강보험에 심리상담도 받을 수 있도록 적용했으면 좋겠다. 사람들은 누구나 마음속 깊이 품고 있는 울분이 있기에 그것을 다 토해낸다면 몸도 마음도 건강해질 것이다. 몸의 병 못지않게 마음의 병도 크기에, 만약 그렇게 된다면 자살자도 줄어들고, 범죄도 훨씬 줄어들 것이요, 분명히 행복한 삶들을 살아나갈 거라고 굳게 믿는다.

지금의 나처럼……

24

주님이 주신
은총이에요

　스물일곱 살의 과년한 딸을 쫓아낸 사건이 벌어졌다. 앞에서도 말했지만, 개 한 마리로 인하여 우리 가족은 해체되기 직전이었다. 딸이 두 달 된 강아지를 선물로 받아와 키우다 보니 7년의 세월이 흐르는 동안 난 건강이 무척 나빠져 갔다.

　설상가상에 엎친 데 덮친 격으로 많은 사건과 함께 복합적이긴 했지만, 남편의 사고와 파산은 불가항력으로 다른 방도가 없었다. 어떤 어려움이라도 네 식구가 힘을 합한다면 잘 이겨내리라 생각했다. 그러나 개에 대한 생각은 좀처럼 좁혀지지 않았다. 남편과 딸은 끝까지 개를 키우자고 했고, 나와 아들은 아니라고 했다. 개는 사람보다 생명이 짧은 데다 동물일지라도 살아 있는 생명을 없앨 수는 없다는 이유와 개보다는 사람이 우선이며, 더군다나 건강이 점점 안 좋아지니 없애야 한다는 의견이 팽팽했다.

　그러던 중 천식으로 힘들어했던 나는 급성폐렴과 가슴막염으로 입원하게 되었고, 퇴원 때까지는 제발 없애 달라고 간곡히 사정했고, 눈물로 호소했다. 제발 나를 살려달라고! 그러나 3주가 지나 퇴원해도 여전히 달라진 것은 없었다. 생활도 생각도.

나는 내가 살기 위해 직접 해결하기로 했다. 개를 맡길 만한 데를 알아본 뒤 데려다주고, 병원에 갖다주었다고 말했다. 그렇게 하면 포기할 것 같아서. 남편과 딸은 나를 잡아먹을 듯이 다그치며 대체 그 병원이 어디냐고 가서 사체라도 데려오겠다고 했다. 나는 독이 올랐다. 다음 날, 개를 다시 데려와서 딸의 손에 쥐어 주고 남편과 딸에게 개를 데리고 나가라고 했다.

"너희는 나처럼 병도 걸리지 말고, 좋아하는 개새끼 데리고 한 백 년 행복하게 잘살아라."

그러자 남편은 "내가 어딜 나가?"라고 했지만, 딸은 정말 개를 데리고 집을 나가버렸다.

"내가 데리고 왔으니, 죽을 때까지 내가 책임지겠다."면서. 트렁크를 끌고 개를 데리고 가는 딸의 뒷모습을 보면서 머릿속도 텅 비고, 가슴도 텅 비어 버렸다. 아무런 생각도 할 수 없었고, 아무런 감정도 느껴지지 않았다. 빈 껍데기뿐인 육신이 그냥 움직이고, 그냥 먹고, 그냥 잤다.

하도 답답해서 자주 가는 기도원에 계시는 수녀님께 하소연했다. 내 얘기를 다 들은 뒤, 그분은 이렇게 말했다.

"자매님, 주님이 주신 은총이에요."

"무슨 은총이 이런 것도 있나요?"

"그럼요. 만약 은총이 아니었다면, 지금 자매님은 미쳐 버렸을 거예요."

대체 무슨 말씀을 하시는 건지 도저히 이해가 가지 않았다. 참 어이없는 은총도 있구나 그렇게 생각했다. 그런데 그렇게 생각되었던 것이 하루하루 지나다 보니 당시 나에게 꼭 맞는 엄청난 보호이심을 알게 되었다.

엄마여서일까. 병든 엄마를 버리고 간 괘씸한 딸년이라고 생각했는데, 차츰 시간이 지나자 딸이 불쌍해졌다. 쫓아낸 엄마나, 쫓겨난 딸이나. 처음엔 딸의 배신으로 울었지만, 저만의 말할 수 없는 그 무언가가 있겠지…….

나중엔 딸이 주님 앞에 회개하기를 울면서 기도했다.

25

"어서 와라, 기다리고 있었다."

화장품 외판사원으로 입사해서 판매를 위해 동네 언니 집을 방문했다. 현관을 들어서며 열려 있는 안방을 무심코 들여다보았다. "어서 와라, 기다리고 있었다."라며 두 팔을 활짝 벌려 웃으시는 예수님을 보았다. 순간 훅하고 눈시울이 뜨거워졌다. 무슨 말씀인지 알듯 싶은 지나간 일이 생각났다.

파산으로 집이 다른 사람에게 넘어가서 20년 이상을 내 집으로 살다가 세 들어 사는 세입자가 되었다. 그 또한 나에게는 엄청난 배려였으므로 고마웠다. 이성적으로는 그랬지만, 솔직히 마음속 깊은 곳에서는 아팠고 허탈했다. 더군다나 월세를 내야 했으므로 어차피 같은 조건이라면 조용히 이사하고 싶었다. 죄지은 것 없고 크게 남 못할 짓 한 것은 없었지만 아무도 모르는 데로 가서 누구와도 부딪히지 않고 살아야겠다는 생각에 고민하면서 갈 곳을 찾고 있을 때였다. 친하게 지내는 아우의 시아버지가 돌아가셔서 입관 기도를 하던 중 문득 이런 목소리가 들려왔다.

"고개를 들어 저 얼굴들을 보아라. 바로 저들이 너의 보물이다."

그 말에 기도를 멈추고 무심코 보다가 '그래, 정말 힘들 때 함께 울고 웃으며 기도하고 신앙생활을 해온 소중한 사람들과 지내왔던 그 소중한 시간만큼 떠나지 말고 더 있어 보자. 더군다나 보물을 얻기 위한 치른 값도 없이 단지 오랜 시간 함께해온 것밖에는 없잖아.'라는 생각이 들었다.

그 뒤 나는 마음을 다잡고 조용히 지내던 중 지난날 직장 상사한테서 전화가 왔다.

"고 부장, 요즘 뭐하나?"

"집 잘 지키고, 살림하면서 살고 있어요."

"그럼 나랑 밥 한번 먹자."

"그러죠."

이렇게 연결이 되어 화장품 회사에 들어가게 되었던 것이다. 화장품과 나는 거리가 멀 뿐만 아니라 전혀 맞지도 않았지만, 남녀노소 누구라도 쓰는 소모품이면서 론칭 기획이 어마어마했기에 팔아야겠다는 생각보다는 나를 아는 사람들에게 정보를 주어 좋은 기회를 누릴 수 있게 해주고 싶어서 시작되었다. 또 나만의 작은 계획도 있었다. 성당 봉사직에 있으면서 활동비만큼만 벌어서 쓰겠다고 기도했기 때문이다. 뜻도 좋고 생각도 좋았지만, 그래도 봉사하면서 판매를 한다는 게 편치만은 않았다. 그런 내 마음을 헤아리듯 "어서 와라, 기다리고 있었다."라며 위로와 힘을 주신 것이었다.

　그 이후, 만나는 사람들 중에 정말 보물 같은 사람들을 만나는 행운을 얻었다. 봉급을 타면서부터 그동안 신세를 지기도 하고, 밥을 사주고 싶었던 사람들에게 밥을 사주는 행복까지 맛볼 수 있었다. 내가 어려울 때 참 많은 사람이 나에게 밥을 사주었고 먹을 것과 도움을 주었다. 큰돈을 버는 것이 아니기에 큰 액수의 식사는 못 산다. 그저 소박한 밥 한 끼로 신세 진 고마움을 표시하고 싶은 것이다.

　"오늘 저랑 밥 먹어요. 제가 쏠게요."

26

말을 안 해서 그렇지,
다 아파요!

한 푼이라도 벌어서 빚 갚는 데 쓰고자 마포구청에서 운영하는 청소년독서실에 근무하는 사회복지사 선생들의 점심밥을 해주고 건물 청소하는 일을 하게 되었다.

처음에는 내가 에어로빅을 하는 곳이라 창피하기노 하고 싫은 마음에 하지 않으려고 했지만 일하시던 분이 갑자기 사고가 생겨 급하기도 했고, 같이 운동하는 언니가 "너 맨날 봉사한다고 다니는데, 이것도 봉사야 돈은 적지만 유료 봉사라고 생각해. 내가 도와줄게."라는 말에 적은 돈이라도 필요했고 또 봉사라는 말도 마음에 들었으며 언니가 도와주기까지 한다니 그렇게 하겠다고 했다. 밥과 반찬을 정성스레 만들면서 '이 음식을 먹는 이들이 건강하고 행복하기를 기도했고', '내가 쓸고 닦는 곳을 밟고 다니는 모든 사람들이 깨끗하고 바르게 살기'를 바라는 마음으로 기쁘게 일했다. 그래서일까 복지사 선생님들도 모두 좋아했고, 나 또한 한 가지라도 더 맛있는 걸 해주기 위해 신경을 썼다. 그러나 이 즐거움도 4개월로 끝나버렸다. 오른쪽 무릎이 팅 하고 튕기듯 하더니 꼼짝을 할 수가 없었다. 한의원을 다녀도 차도가 없어서 정형외과에 갔다. 무릎염증으로 물이 많이 찼다고 했다. 그 자리에서 큰 주사기로 두 번이나 물을 빼내고 나머지는 약으로 말리기로 하고 물리치료와 병행하기로 했다.

게다가 족저근막염까지 생겼다. 발바닥이 바늘로 찌르듯이 아파서 천천히라도 10분 이상 걷기가 힘들었다. '도대체 뭐가 잘못된 것일까?' 나는 몸으로 하는 일을 잘 못 한다. 워낙 느리기도 하고, 요령도 없어서 쉽게 지친다. 그저 정신력으로 버틴다. 몸도 그렇지만, 더 속상한 것은 그렇게도 좋아하는 에어로빅을 할 수 없게 된 것이었다. 나에게 닥친 모든 경제적 어려움 속에서도 큰돈 들이지 않고 나만을 위한 스트레스 해소법으로 해온 운동이라서 더욱 속상했다.

50도 안 된 나이에 벌써 주저앉았다고 생각하니 한심한 생각이 들었다. 물리치료사에게 물었다.

"늙지도 않은 이 나이에 무릎이 이 모양이라 한심하죠?"

"아유 말을 안 해서 그렇지, 50쯤 되면 다른 사람들도 다 아파요."

"아직 50도 안 됐으니까, 그러죠."

이렇게 대꾸는 했지만, 많은 위로가 되었다.

'아…… 나만 그런 줄 알았더니, 남들도 그렇구나!'

그 후로 나는 몸의 속도에 마음도 맞추어 갔다. 열심히 산다고 앞만 보고 정신없이 달릴 때는 달리는 사람만 보였다. 그러나 이제는 걸음을 멈추고 돌아다본다. 혹시 내 손이 필요한 뒤처지는 사람이 있다면 그들과 보조를 맞추기 위해서. 힘찬 젊음도 좋지만, 난 한 박자 느린 어른들과도 잘 어울린다. 그분들을 통해서 더 성숙해지기 위한 앞날의 나를 준비할 수 있기 때문이다. 여태껏 살아오면서 나에게는 두 분의 선생님이 있다. 저렇게 살아서는 안 되겠다는 선생님과 저렇게 살아야지 하는 선생님을 늘 마음속에 담고 나를 비추어 본다.

나는 어떤 선생님의 모습으로 보일까? 하고 생각하면 행동이 조심스러워진다.

또한, 내 뒷모습이 깨끗하기를 바라는 마음으로 늘 노력할 것이다.

27

너는 나를
체험하였다

28년간 신앙생활을 하면서 그동안 한 번도 해보지 않은 '의심병'이 어느 날 갑자기 생겼다. 살면서 어려운 일들을 겪을 때마다 위로받고, 힘들어 쓰러지려 할 때 손 내밀어 잡아주었고, 더 큰 죄 짓지 않도록 지혜를 주었고, 잘 이겨내도록 힘을 주셨다고 믿어왔던 마음에 '그것이 진짜 맞나? 아니면 나 혼자만의 착각은 아니었나?' 확인하고 싶은 생각이 들었다.

신약성경 요한복음서에서 부활하신 예수님을 보았다는 다른 제자들에게 "나는 그분의 손에 있는 못 자국을 직접 보고, 그 못 자국에 내 손가락을 넣어 보고, 또 그분의 옆구리에 내 손을 넣어 보지 않고는 결코 믿지 못하겠소."라고 말한 토마스처럼 난 내가 느껴왔던 순간들을 확신 받고 싶은 욕심이 들었다.

궁금하던 차에, 시골에 계신 엄마에게 가게 되었다. 때마침 엄마가 사는 관할 본당에서 견진성사를 주기 위한 성령 세미나가 있었다. 이미 시작되었지만 중간부터 3일간 가게 되었다. 마지막 날, 부산에서 온 기도 은사자에게 안수를 받을 때, 그분은 예수님의 말씀을 전해 주었다.

"너는 나를 이미 체험하였다."

그 말씀에 나는 가슴이 뜨거워졌다. 그동안 살아오면서 힘겨웠던 모든 아픔과 수고를 다 위로받고 인정받고 사랑받고 있다는 느낌이 들어서 저 깊은 곳에서부터 눈물이 솟아 올라와 가슴을 억누르며 울었다. 감사의 눈물을 실컷 흘리고 나니 날아갈 듯 가벼워졌고, 주님에 대한 굳은 신뢰심이 생겼다. 그 이후로 때론 걱정하는 순간도 있긴 하지만 두려움이 없어졌다. 나는 사랑받는 예수님의 자녀이니까. 그래서 늘 감사하고 기쁘고 행복하기에 이것을 여러 사람과 나누고 싶다.

5년 동안 숨김없이 이야기를 나누고 기도하고 서로에게 힘이 되어 주던 아우가 있다. 우리는 서로의 아픔에 같이 아파하고 같이 슬퍼했기에 서로를 충분히 안다고 생각했다. 그러던 아우가 하루는 정색하고 나에게 비수를 꽂는 말을 했다.

"형님, 형님은 지금 하느님 앞에서 기도를 잘못하고 있어요. 파산은 남의 것을 안 갚으려고 한 행동이니 잘못한 것이고, 그러니 딸이 잘 안되는 거예요. 진정으로 회개하라고 나에게 알려주셨어요."

그다음 말은 다 기억도 못 할 정도로 나의 아픈 곳만을 찌르는 것이었다. 너무 아팠다. 억울하고 괘씸해서 욕하고 싸우고 싶었다. 다른 사람에게는 말도 못하고 울기만 했다.

그리고 예수님을 바라보며 물었다.

"그 말들이 정말인가요? 제가 그렇게 잘못한 건가요? 그동안 해왔던 제 기도는 기도도 아니었나요? 그랬다면 여태껏 나에게 들려주셨던 그 음성과 위로는 위선이었나요? 그동안 저를 갖고 노셨던가요?"

끊임없이 질문했고, 나 자신을 돌아다보았다. 남의 돈을 안 갚기 위해서가 아니라 정말 어쩔 수 없는 상황이었고, 딸은 끝까지 필리핀에서 학교를 졸업하고 싶어 했지만, 호텔에 취직시켜준다는 말에 오라고 했고, 정작 딸과 나는 피해자인데……. 진정으로 드렸던 내 기도가 거짓이었나? 아무리 성찰해 봐도 억울하고 아팠다.

그때 또다시 음성이 들렸다.

"크리스티나야, 나는 너도 사랑하고, 로사리아도 사랑한단다. 단지 너의 사랑 표현과 로사리아의 사랑 표현이 다를 뿐이다."

"…… 아하~ 그랬군요."

모든 게 다 풀렸다. 정말 아팠지만 잘 이겨냈기에 뿌듯했다. 아픈 만큼 성숙한다더니 아팠던 만큼 더 단단해짐을 느꼈다. 앗싸! 승리했다.

그해가 다 지나가기 전 12월 말에 로사리아로부터 전화가 왔다.

"형님, 내가 형님을 아프게 하거나 잘못한 것이 있으면 용서해주세요."

"아니야. 처음에는 아팠지만, 그 또한 네가 나를 사랑하고 나를 위해 기도하는 사람이라서 그랬으려니 했어. 그리고 덕분에 이해의 폭이 넓어지게 되어서 도리어 고맙게 생각하고 있어."

"그럼 형님이 밥 사."

"오냐, 사마."

그러면서 우리는 웃었다. 믿음의 자녀는 이런가 보다.

28

너도 그 대열에 낄 수 있음에
감사하지 않니?

딸이 어느새 서른세 살이나 되었다. 결혼 얘기만 나오면 "서른다섯이 되면 결혼을 해볼까, 생각해 볼게." 하더니만, 시집을 가게 되었다. 시집을 간다 해도 걱정이고, 안 간다 해도 걱정이라 아무 말도 할 수가 없었다. 솔직히 말하면 그저 되어 가는 대로 지켜볼 수밖에 없는 처지였다. 왜냐면 나에게 큰 약점이 있었다. 딸이 전문학교를 졸업하고 돈을 벌어 집안의 빚 갚는데 보태다 파산을 한 뒤, "이제부터라도 너희가 번 돈은 알아서 관리하고 모아서 시집 장가가라. 나는 그때까지 밥은 먹여주고 잠잘 집은 제공하겠다."라고 냉정하게 선전포고를 했다.

2년 정도 직장생활을 하던 딸이 더 늦기 전에 3년 기간의 유학을 가겠다고 했다. 호텔경영학과를 나왔지만, 더 공부해서 외국인 항공사에 입사를 하겠으니, 1년 학비는 벌어 놓은 돈으로 쓰고 2년만 보태 달라고……. 그러기로 하고 필리핀으로 갔다. 앞으로 살아나갈 긴 시간을 위해 꼭 해야 한다니 어려워서 안 된다고 말릴 수가 없었고, 당연히 부모로서 해주어야 하는 일이기도 했다. 1학년을 마치고 2학년이 되기 전, 등록금을 보내주어야 하는 때가 되었다.

그때 마침 나의 어려운 사정을 잘 아는 분이 "딸이 호텔경영학과를 나왔으면 그곳에서 굳이 더 돈 쓰고 시간 보낼 필요가 어디 있느냐? 어차피 취직을 위한 유학이니 내가 조선호텔이나 인터콘티넨탈호텔에 취직시켜줄 테니 오라."는 것이었다.

딸아이는 하던 공부니 마저 마치고 싶다고 했으나 난 계속해서 유학비를 댈 수 있는 형편도 안 되었고 확실한 자리에 취직되는 것이니 오라고 설득해서 오게 되었다.

그러나 여섯 달이 지나도 말처럼 일이 제대로 풀려나가지 않게 되자 딸은 서운해했고, 나는 속이 타들어 갔다. 면목이 안 서 고개를 들어 눈을 마주칠 수가 없을 만큼 미안했고, 그 어떤 말도 할 수가 없었다.

그러한 우여곡절 끝에 다시 직장에 들어갔으나 결혼을 할 만큼 돈도 벌어 놓은 것 없이 혼삿말이 오고 갔다. 나 또한 모아둔 돈이 없다 보니 걱정만 앞섰다. 주위 친척이나 친구들이 자녀들을 결혼시킬 때마다 아낌없이 축복을 해주었지만 다른 한편으로는 가슴 한쪽이 아릿하게 아팠다. 아들딸을 잘 키워 저렇게 때가 되어 결혼도 척척 시켜주고 부모 노릇을 제대로 하는 그들이 마냥 부러웠다.

말없이 가슴앓이하던 어느 날 양치를 하다가 문득 '너도 그 대열에 낄 수 있음에 감사하지 않니?'라는 생각이 들었다. '맞아, 항상 부러워했잖아. 자녀들 결혼시키는 그 대열에 나도 동참하게 되기를. 아이고 감사합니다. 바라는 게 이루어졌는데 또 욕심부렸네.'

더 이상은 욕심 안 부리고 부족하지만 부족한 대로 딸을 결혼시킬 수가 있었다. 1,000만 원도 안 되는 돈으로 사위와 딸은 인터넷을 뒤지고 발품을 팔아 꼭 필요한 것만 구입했고, 안사돈도 괜한 허례허식은 하지 말자며 예단비조차 보내지 말라고 했다. 우리는 각자 쓸 돈만 쓰고 알뜰하게 하되 서로의 마음을 헤아리는 사이가 되었고, 서로 감사하는 마음이 깊어갔다. 그 어렵다는 사돈지간이기보다는 언니와 동생 같은 마음으로 지내고 있다. 이래서 사람은 다 살게 마련인가 보다.

아직 결혼하지 않은 아들이 있으니 나도 며느리 볼 때 우리 안사돈 같은 멋지고 쿨한 시어머니가 되어야겠다.

29

헉, 저는
인조인간이랍니다

무슨 얘기냐면요, 하루 한 번의 수술로 임플란트를 열세 개나 심었어요. 내가 받아 놓고도 얼마나 놀랐는지.

건강 상태가 좋지 않다 보니, 잇몸이 약해서 이가 뿌리까지 다 올라와 흔들흔들 손으로 잡아 빼도 빠질 정도로 심각했다. 그러다 보니 먹는 것조차 힘들어 신경이 예민해졌다.

남편은 택시회사에서 퇴직금 400만 원을 받아들고 크루즈 성지순례를 보내주겠다고 들떠 있었다. 신문에 실린 여행 정보를 비교해 가며 본인이 가는 것보다 더 신나 했다. 나는 시간을 더 끌어서는 안 되겠다 싶어서 남편에게 말했다.

"여보, 나 성지순례 가는 거와 다름없이 고마워. 그런데 그 돈으로 나 이빨 하면 안 될까? 멋진 크루즈 여행 가서 밥도 못 먹으면 속상하잖아. 지금은 이빨이 더 급해서 그래."

무척 서운해하는 눈치였지만, 그러라고 했다. 400만 원을 들고 나를 아껴주는 형님과 함께 임플란트 전문 체인병원으로 갔다. 검사 결과 열다섯 개를 해야 하며, 수술비는 2,000만 원이 넘었다. 그게 아니면 이를 다 빼고 통틀니로 해야 한다고 했다. 기가 막히고 눈앞이 아득했다.

쉰넷의 나이에 통틀니를 하고 있을 내 모습을 생각하니 서글픔에 눈물이 막 쏟아졌다. 같이 간 형님은 내 사정을 잘 아니 안타까워하고 병원에서도 당황하며 회의를 하랴 나를 진정시키랴 바쁘게 오가다, 결론은 최소한으로 열세 개의 임플란트와 1,610만 원의 가격이 매겨졌다.

진행 상태에 따라 6개월 정도의 시간이 소요되는 사이에 돈은 중간중간 결제해 달라고 했다. 2,000만 원이나 1,610만 원이나 아득하기는 매한가지였다. 돈을 마련하기도 어렵거니와 마련만 하면 뭐하겠는가? 갚을 길이 있어야지……. 믿는 구석이라곤 예수님밖에 없었지만, 나로서는 알 수 없는 배짱이 생겨났다.

"주님, 이 몸은 당신의 성전입니다. 그러니 당신이 알아서 해주세요." 하고 저질러 버렸다. 물론 집에 돌아와서는 가족회의를 하고, 시간을 두고 돈을 마련해 가기로 했다. 참으로 대책 없는 나다.

이렇게 해서 열세 개의 임플란트를 2시간 30분이 넘는 수술로 받게 되었고, 2년 뒤 또 한 개를 추가해서 엑스레이를 보면 열네 개의 쇠기둥이 박혀 있는 인조인간의 모습이 된 것이다.

그러나 임플란트를 심을 만큼의 잇몸이라 다행이고, 한 살이라

도 젊어서 수술을 받게 되니 견뎌내기가 그다지 어렵지가 않다. 이
또한, 얼마나 감사한 일인가?

헌 이 주고 새 이를 받았다. 물론 교체비는 들었지만……. 이렇
게 해서 내 몸값은 12억 원에서 2,000만 원이 더 추가되었다.

30

60이 되어서 만난 행운의
인생 이모작

중학교 때부터 나의 꿈은 현모양처였고, 쉰 살이 되면서부터는 예순 살이 되면 살아온 나만의 이야기를 꼭 써야겠다고 생각했다. 나라를 위한 큰일을 했다거나, 기업을 일으켜 성공했다거나, 자식을 훌륭하게 잘 키워 이름을 날리게 했다거나 하는 크게 이루어 놓은 일도 내세울 것도 내게는 없다. 그저 하나의 점에 불과할 한 여자가 이 나이만큼 살면서 겪어 왔던 일들이 많이 아프게 하고 힘들게 했지만 견뎌내고 살다 보니 신념이 되고 내공이 쌓여서 나만의 보석이 된 이야기가 존재할 뿐이다. 이 이야기는 남에게 칭찬을 듣거나 인정을 받기 위한 것이라기보다는, '그래, 이만하면 잘 살아온 거야. 나름대로 최선을 다했으니까. 큰 후회도, 더 큰 바람도 없으니까 성공한 것이지. 물론 앞으로 더 살아가다 보면, 그 어떤 것을 겪어내야 할진 모르지만, 지금처럼 잘해내리라 믿어. 이제는 결코 나 혼자만이 아니니까.'라고 나 스스로 나 자신을 칭찬하기 위한 것이다.

꿈은 반드시 이루어진다고 했지.

먹고사는 일이 녹록지 않아 59세의 여름, 몇십 년 만의 폭염이라는 7월에 장애인 활동 보조 일을 시작했다. 언제 써먹게 될지는 몰라도 준비하는 마음으로 2008년에 보건복지부가 사회서비스업으로 시행한 교육과 실습을 통해 수료증을 받아둔 게 있었다.

어려운 경기 탓에 화물 택배 일을 하는 남편의 수입이 일정치 않은 데다 점점 생활에 타격이 생겨 부족분을 채우기 위해서 그 일을 시작했다. 장애인들에게 내가 힘이 될 수 있는 것이라면 어떤 것에도 몸을 사리지 않았다.

또한, 내 삶의 일부분으로써 새로운 경험을 하게 된 기회라고 생각하니 도저히 소홀히 할 수도 없었다. 하지만 내 몸이 많이 힘들었나 보다. 10년 전부터 좋지 않았던 무릎이 10개월 정도 그 일을 하면서 많이 아파 병원에 가서 연골주사를 맞아야 했다. 일주일 간격으로 세 번을 맞아야 했는데, 마지막 세 번째 주사를 맞고 나서는 그날 밤 무릎이 붓고 쑤시고 아파서 걸음을 걸을 수도, 펼 수도, 접을 수도 없었다. 한 발짝 뗄 때마다 온몸이 울리고 아팠다.

다음 날 아침 곧바로 병원으로 가서 엑스레이와 MRI를 찍어보니 염증이 보통 수치보다 6배나 높아서 곧바로 입원해서 무릎에 세 개의 구멍을 뚫고 염증을 긁어내는 수술을 받았다. 그리고 15

일간 입원한 후에 퇴원했다. 또다시 나는 아기 걸음 걷듯 재활밖에는 아무것도 할 수 없게 되었다.

나는 속으로 '아……, 또 뭐야? 또다시 시작인가?' 그런 생각을 하면서 분주했던 마음을 모아들였다.

그러던 중 늘 지나다니던 우리 동네 길에 "1인 1책 범국민 캠페인, 당신이 곧 콘텐츠입니다."라는 현수막이 걸린 사무실이 내 눈에 띄어 문을 열고 들어가게 되었다. 그렇게 해서 동그란 안경에 동그란 눈으로 맞이해 주는 김준호 대표님을 만나게 된 것이다. 설레는 마음으로 문을 열고 들어간 나에게 행운의 문을 열어준 김 대표님과 함께 드디어 예순 살에 글을 쓰고자 했던 꿈을 이루어갈 수 있게 되었다.

어찌 알았으며, 상상이나 했겠는가. 이렇게 이 자리까지 오기 위한 과정의 이끄심을 감사하게 생각한다.

또다시 나는 새로운 시작 앞에 서 있다. 어떻게 인생 이모작을 지어나갈지는 모르지만, 지금 이 순간 꼭 하고자 했던 글쓰기를 시작한 것만으로도 감사하고 행복하다. 내가 이처럼 간절히 글을 쓰고자 했던 것은 내 한풀이나 넋두리를 늘어놓기 위해서가 아니다. 이제껏 살면서 내가 겪었던 아픔이 결코 불행이기보다는 행복해지기 위한 소중한 과정이었음을 터득한 나만의 '행복 비결'을 다른 사람들에게 알려주고 나누고 싶어서였다.

지금 이 순간, 당신이 미치도록 힘들다면 이렇게 해보자.

첫째, 내 인생에다 무언가를 더하려고 하지 말고 빼자.

둘째, 기대치를 눈높이에서 무릎 아래까지 낮추자.

셋째, 없는 것을 바라지 말고 있는 것을 바라보자. (분명히 당신은 가
진 게 많다.)

넷째, 나는 분명히 사랑받고 있다. (다만, 내가 못 느낄 뿐이다. 그리고
누군가가 당신을 위해 기도하고 있다.)

다섯째, 나만 힘든 것 같지만, 남들도 힘들다. (다만, 표현을 안 할 뿐
이다.)

여섯째, 나보다 더 어려운 사람을 만나보자.

일곱째, 나에게 맞는 신앙생활을 하자.

자, 이 일곱 가지에다 자신을 대입해 본다면, 당신은 이미 행복
한 사람임을 깨닫게 될 것이다. 분명히.

3부

제가
이런
여자예요

보석이
된아픔

31

아~ 이게 바로
지옥인가?

카드대금 결제를 위한 돈을 입금하러 은행에 갔다. 번호표를 뽑고 대기하다 내 차례가 되어 35만 원을 통장과 함께 내밀었다. 그런데 창구 아가씨가 현금 세는 기계에 이미 30만 원이 얹혀져 있는 것을 확인도 하지 않은 채 그 위에다 내가 입금한 35만 원을 얹어 놓았고, 기계 위의 지폐가 차르륵 차르륵 돌아가더니 숫자 게시판에 65만 원이 찍혔다. 나는 가슴이 떨려왔다. 어떡하지? 사실대로 얘기해야 하나, 아니 가만히 있으면 30만 원은 내 돈이 되는 건가? 순간 머리가 복잡해졌다. 그때 창구 아가씨가 "65만 원, 맞으시죠?" 하고 물었고, 나는 떨리는 마음으로 "네."라고 대답하고는 창구 아가씨가 내미는 통장을 받아들고는 뒤도 돌아보지 않고 빠른 걸음으로 은행을 나왔다.

그리고 내 마음 안에서 선과 악이 격렬히 싸우기 시작했다. 이러면 '안 돼'라고 생각했지만, 악의 유혹은 더 달콤했다.

'너 지금 어렵잖아? 네가 도둑질한 것도 아니고 창구 아가씨가 잘못한 거니까, 괜찮아. 생활에 보태쓰라고 용돈을 주었다고 생각해.'

금방이라도 은행에서 뒤쫓아와 내 머리채를 잡아당길 것 같아 곧바른 길을 놔두고 볼일도 못 본 채 골목골목을 돌아서 집으로 들어왔다.

그리고 남편이 퇴근해 들어올 때까지 통장만 들여다보면서 마음이 좋았다가 괴로웠다가 어찌할 바를 몰랐다. 드디어 남편에게 사실대로 얘기하자, 남편은 이렇게 물었다.

"당신, 그 30만 원 때문에 부자 돼?"

"아니."

"그럼 그 돈 돌려주사. 시금이라도 갖나줘."

"난 창피해서 못 가."

그러자 남편은 은행에 전화를 했다.

"입금액이 착오가 났는지 통장에 액수가 잘못 찍혔는데요."

"아, 네~. 그럼 마감 정리하고 전화하겠습니다."

잠시 후 은행에서 다시 전화가 왔다.

"혹시 30만 원이 더 찍혔나요?"

"네."

"수고스럽겠지만, 지금이라도 은행으로 나오실 수 있나요?"

"지금은 못 가는데요."

"그럼 인출한 것으로 해드릴까요?"

"네. 그렇게 해주세요."

"감사합니다."

이렇게 해서 몇 시간의 지옥 체험을 전화 한 통화로 간단히 끝낼 수 있었다. 내 마음먹기에 따라 지옥도 되고 천국도 되는구나!' 하고 큰 깨달음을 얻은 사건이었다.

30만 원 때문에 지옥을 경험하고 보니 생명이 한 달은 단축된 느낌이었다. 그런데 남의 재산을 거저먹는 사람들은 대체 심장이 얼마나 튼튼한 거야? 오래는 살려나?

나는 학교 다닐 때 친구들과 이런 논쟁을 벌인 적이 있다.

"굵고 짧게 살까? 가늘고 길게 살까?"

그때 나는 단호하게 말했다.

"난 가늘어도 좋으니까 기~~ㄹ 게 살래."

또한, '주님의 기도' 중에 "저희를 유혹에 빠지지 않게 하시고 악에서 구하소서."라고 기도를 할 때마다 유혹에 빠지기 쉬운 나 자신을 인정하게 되었고, 죄짓지 말고 착하게 살아야겠다고 이 일을 통해서 더욱 굳게 다짐하는 계기가 되었다.

32

내가 바로
도둑년

"반장님, 저희 집 좀 와주시면 안 돼요?"

젊은 새댁인 반원의 전화를 받고 무슨 일인가? 싶어 한달음에 달려갔다. 그런데 현관문을 열고 들어서자, 정장 차림의 말쑥한 젊은 남자와 전화를 한 부부가 방에서 나를 기다리고 있었다.

의아했지만 30분만 시간을 내달라며 부탁하기에 방으로 들어갔다. 그들은 내 앞에 칠판까지 가져다 놓고 암웨이 상품을 설명하며 다단계로 수입이 생기는 과정을 불을 뿜듯 설명했다. 설명하는 그들의 눈빛이 광기로 벌겋게 보였다.

그들의 설명에 의하면, 크게 고생하거나 투자 없이도 부자가 되는 방법이란다. 내가 성당 반장으로서 많은 사람을 만나고 다니니 사업에 도움이 될 거란 말과 함께 도와달라고 했다. 하지만 나는 내가 필요한 물품을 사주는 정도밖에는 도와줄 수가 없다고 정중히 사양했다. 그런데 그 집을 나오면서 너무나 화가 났다.

젊은 사람들이 땀 흘려 일할 생각은 안 하고 다단계로 쉽게 돈 버는 것에만 마음을 빼앗기고 있으니 큰일이라는 생각에 집에 돌아와 아들과 딸에게 목소리를 높여 화풀이하듯 열을 냈다.

"내 몸으로 땀 흘려 정직하게 번 돈만이 내 돈이 된다. 너희들은 결코, 쉽게 돈 벌려 하지 마라. 쉽게 버는 돈은 쉽게 써진다."

그렇게 정의롭게 열을 내던 나도 도둑년 심보가 생긴 일이 생겼다. 남편이 중국에서 돈을 가져오지 못해 아이들과 힘들게 지내던 때에, 조카사위가 투자하고 있는 곳이 있는데 이익금이 많이 생겨 원금의 6부로 이자를 준다고 했다. 처음에는 믿기지 않았지만, 시댁 조카이기도 했고, 무엇보다도 내 생활이 어렵다 보니 6부 이자면 꽤 도움이 되겠다는 욕심에 카드대출을 받아서 돈을 맡겼다. 그리고 "내 돈이려니 생각하고 절대 실수가 없어야 한다."고 신신당부를 했건만 몇 번의 이자를 받고는 그 이후부터 차일피일 이자 지급이 미루어지게 되자 도움이 될 거라고 기대한 일이 더 꼬여져 갔다. 난 내 가슴을 쥐어뜯었다.

'내가 도둑년이지. 가만히 앉아서 6부라는 이자를 받아먹으려고 했으니…… 이게 도둑이 아니면 누가 도둑이겠는가?'

이렇게 미친 짓도 해봤다. 이 일을 통해 절박한 사람이 더 곤궁에 빠지는 심정을 알게 되었다.

술집 아가씨로 오해받을 만큼의 미모란?

일본에 사는 사촌 동생에게 제의가 들어왔다. 일본에서 술집을 하고 있는 언니를 알고 있는데, 그 가게에서 일하는 아가씨들에게 필요한 옷과 물품 파는 일을 하면 돈이 된다고 했다. 옷이나 멋을 부리는 센스가 없어서 자신 없다고 하자 강남에 있는 전문적인 옷가게를 알려주면서 그곳에서 구입하면 된다기에 용기를 내기로 했다.

그때까지 나는 술집에서 입는 옷은 야하고 천이 많이 안 들어가는 옷일 거라고 생각했는데, 막상 소개해 준 강남의 옷가게에 가보니 거의 깔끔한 정장에 가까웠다. 그래서 한편으로 마음이 놓이기도 했다. 더군다나 옷가게에 옷값의 일부분만 주고 판매하고 돌아왔을 때 지불하고 남은 것은 교환이나 반품이 되기에 큰 어려움은 없으리라 생각했다.

당시 나는 갓 마흔의 나이였던 때라 중학교에 다니는 두 아이를 가르쳐야 한다는 생각이 꽉 차 있었다. 처음 나리타공항에 도착했을 때는 동생과 제부가 마중 나와주었다. 하지만 동생의 아기가 젖먹이라 제부가 도와주지 않으면 어려운지라, 두 번째부터는 나 혼자 공항버스와 전철을 타고 마을버스를 갈아타며 다니게 되었다.

낮에는 동생 집에 있다가 술집이 있는 거리에 따라 오후 서너 시경에 집을 나서 아가씨들이 출근하기 전에 숙소로 가거나 아니면 가게가 문 열기 바로 직전에 가야 해서 동작이 빨라야 했다. 드문드문 있는 가게를 큰 가방을 둘러메고 트렁크까지 끌고 전철을 타고 다니려면 하루에 두 집을 갈 때도 있지만 거의 한 군데밖에 갈수가 없었다.

그러다 보니 많이 팔 수도 없었지만, 무엇보다도 집 떠나 일본까지 와서 젊은 아가씨들이 힘들게 돈 벌어 비싼 옷을 사 입는 게 안타까워서 두 벌을 사려고 하면 나는 못 사게 했다. 각자 한 벌씩 사서 서로 바꿔 입으라고 했고, 또 주문하는 웬만한 액세서리는 크게 비싸지 않으면 주로 선물로 갖다주었다. 동생은 자선사업을 하러 왔느냐며 그러면 안 된다고 했고, 아가씨들은 이런 옷 장사 아줌마는 처음 본다며 신기해했다.

트렁크를 끌고 해가 진 낯설고 어두운 길을 가다 보면, 가슴이 서늘하고 먹먹해졌다. 도심과 떨어져 있는 곳이라 그런지 일본의 술 문화가 없어서인지 초저녁인데도 해만 지면 오가는 사람이 없었다.

서울의 내가 사는 동네 골목길이 그립고 보고 싶었다. 우리 동네에서는 길을 오가다 누구라도 만나면 그 자리에서 수다도 한참 떨건만, 이곳에서는 아는 사람 하나 없고 말조차 안 되니 답답함과 외로움이 살을 파고들었다. 일본말은 못해도 전철이나 버스는 한자로 알아보고 다닐 수 있어서 그나마 다행이었다.

그렇게 다니다 다섯 번째쯤인가 일본 출입국관리소에서 제지를 당했다. 출입국 직원이 나를 어디론가 데리고 갔다. 가방 속의 물건을 다 쏟아 내어 샅샅이 조사한 후 말을 못 알아들으니 한국 통역사를 불러와 주기적으로 드나드는 이유가 뭔지, 일본에 들어와서는 뭘 하는지, 가방에서 술집 명함이 나왔는데 왜 이런 게 있느냐며 캐물었다.

무척이나 떨렸지만 태연한 척하며 동생이 애를 낳고 몸이 아파서 수발해 주러 오는 것이고, 명함은 식구들과 저녁 먹고 가볍게 한잔 하러 갔다가 들고온 것이라고 대답했다.

연락을 받고 달려온 동생과 제부의 설명을 듣고서야 나는 풀려나올 수가 있었다. 내가 술집에 돈 벌러 오는 거로 생각한다는 말에 제부가 그랬단다. 보라고 아줌마 같은 저 모습으로 어떻게 술집에 나갈 수가 있느냐고 했더니, 그건 그렇다고 했단다. 우리는 깔깔대고 웃었지만, 기분이 묘했다. 어쨌든 난 그 이후로 옷 장사를 그만두었다. 간이 떨려서 더 이상 갈 수가 없었다.

그렇게 해서 국제적인 비즈니스로 엔화 벌이를 하려던 나는 미련 없이 그 일을 그만두었다.

돈? 깔아 놓은 외상값을 다 못 받아서 손해는 봤지만, 나는 국제적인 비즈니스 경험이 있는 여자다.

34

이번에는 미국으로
진출하다!

이번에는 미국과 관련된 이야기다.

친한 고등학교 친구가 어느 날 조심스레 물어보았다.

"너, 미국 갈 수 있니?"

"무슨 말이야?"

이유인즉슨, 조카 부부가 아직 논문이 통과 안 된 상태에서 8개월 된 딸아이 가은이를 키우면서 공부하기가 버거워 나더러 미국에서 가은이를 봐줄 수 있느냐는 것이었다. 아이가 워낙 예민해서 아무에게나 맡길 수도 없고, 또 조카며느리가 친정으로부터 받은 상처가 너무 많아 두 모녀를 위해 꼭 내가 필요하다고 했다.

사정은 딱했지만 3개월이나 집을 떠나 있어야 하는 일이라 선뜻 대답할 수가 없었다. 하지만 못 간다고 하기엔 너무나 마음에 걸렸고, 우리 식구들에게는 경제적으로 큰 도움은 되지만 불편함이 클 터이기 때문에 한참을 고민하다 남편과 상의를 했다. 그런데 의외로 "당신이 감당할 수만 있다면 나는 괜찮으니 집은 걱정하지 마라."라고 했다.

나는 충분히 생각한 뒤 가기로 했고, 나름대로 철저히 마음의 준비를 했다. 웃기는 일이긴 하지만, 일단 음식 조절부터 시작했다. 알 수 없는 상황에 대처하기 위해 소식을 하면서 위를 줄여가기로 했다. 생각처럼 쉽지는 않았지만, 예민한 가은이에게 맞추기 위해 몸도 마음도 최대한 비워 내려 했고 머릿속의 복잡한 모든 것을 털어내려 했다. 또 미국식 음식은 어떡하나? 잠깐 걱정하긴 했지만, 그거야 배워서 해야지 했다.

미국 인디애나 주에 있는 집에 도착했을 때, 가은이는 살짝이긴 했지만 웃음을 보여주어 마음이 놓였다. 친하지 않으면 여간해서 잘 안 웃어주는 아이란다. 다음 날 개강해서 학교에 가야 하기 때문에 엄마와 떨어져야 한다는 걸 직감했는지 경기를 일으킬 정도로 울어대는 가은이를 엄마 품에서 떼 내어 둘러업고 밖으로 나갔다. 혹시 주위에서 신고할까 봐 걱정은 됐지만, 가은이를 가슴에 꼭 끌어안고, 소리 내어 기도하고, 나를 도와달라고 얘기하고, 동요와 성가를 메들리로 불러주자 울음을 멈추었다.

신기하게도 그 어린것이 내 얘기에 귀를 기울이고 듣고 있는 것을 느낄 수 있었다. 내 마음을 알아주는 것 같았다. 이렇게 해서 우리는 하나가 되었다. 나는 가은이를 믿고, 가은이는 나를 믿었다.

유모차에 태우고 우리는 매일 산책 코스를 바꾸어가며 데이트를 했다. 끝도 보이지 않는 파란 하늘을 보며 이야기했고, 푸른 잔디와도 이야기를 나누었고, 우리를 환영한다고 노래를 불러주는 새들에게도 인사를 나누었다. 동네가 워낙 조용하고 마주치는 사람들이 별로 없어서 가은이와 나는 자연을 벗 삼아 하루하루가 신선했고 행복했다.

가을로 접어드는 계절이라 전면이 창문으로 된 거실에서 밖을 내다보면 빨갛게 물들어가는 단풍잎이 손을 흔들며 아침 인사를 해주어 행복의 감탄사가 절로 나왔다. 그렇게 3개월이 빠르게 지나갔고, 두 번을 갔으니 가은이와 함께했던 6개월이 나에게는 축복의 시간이었고, 영혼의 휴식같이 느껴진 시간이있다.

속사정을 잘 모르는 사람들이 물어본다.
"미국 구경 많이 하고 왔어?" "응, 미국만 보고 왔어."

35

저도 부드러운 여자가
되고 싶어요

1년 전만 해도 내 이름은 '고관영'이었다.

호적에 그 이름을 올리고 학교에 들어가면서부터 고관영이라 불렸으니 무려 50년을 써왔던 이름이었다. 남자 이름인데다 흔치 않아서인지 두세 번만 들으면 기억을 해주었다.

처녀 시절에 친구와 함께 우연한 기회에 이름 풀이를 받아본 적이 있었다. 그 사람은 내 이름을 풀이해 보고 나서 야단치듯 높을 '고'에 벼슬 '관'이 들어가는 고관영은, 여자에게 벼슬은 유치장 가는 것밖에 없으니 당장 이름을 바꾸라고 했다. 하지만 나는 무시했다.

3년 전에 내가 사는 빌라 3층으로 이사를 온 사람이 있다. 가게를 운영하다 문을 닫으면서 가지고 있던 중고 에어컨을 사게 되면서 자주 드나들며 친하게 지내게 되었다. 우리는 공교롭게도 형제

없는 외로운 사람들이어서 언니, 동생으로 의형제를 맺자고 약속했다. 이렇게 해서 내게 언니가 생겼다. 나는 가진 것도 없고 잘할 줄 아는 게 없어서 해주는 것이 없지만, 언니는 음식 솜씨가 좋아서 뭐든 반찬을 하면 가까이 사는 딸의 몫과 똑같이 나누어 준다. 언니가 아닌 마치 친정엄마처럼.

또 나에게 도움이 되는 일이면 뭐든 아낌없이 해준다. 내가 무슨 덕을 쌓아 놓은 게 있어서 이런 복을 받나 할 정도로 사랑을 준다. 도저히 갚을 길이 없을 정도로.

그런 언니가 하루는 이런 말을 했다.

"너 이름 바꾸면 안 되니?"

"왜요?"

"너 이름이 너무 세. 그래서 남편이 눌려서 잘되는 게 없는 거야."

그 말을 듣고, 나는 생각해 보았다. 여태껏 내가 살아왔던 날들을. 그래서였을까? 성실하고 착한 남편이지만, 두 번의 사업 실패로 인해 완전히 무너져 버린 가정 경제가 남편의 무능함이 아닌 센 내 이름에 눌려 그렇게 된 거란 말인가? 처녀 시절에 이름을 바꾸라고 했을 땐 과감히 무시했건만 이번에는 기운이 빠졌다.

천주교 신자가 된 이후 '크리스티나'라는 세례명으로 살아왔기에, 이름은 그다지 중요하지 않다고 여겼었다.

그래, 나도 이제 좀 편하게 살아보자. 센 기운의 여자보다는 부드러운 여자가 되고 싶고, 고생도 그만했으면 싶었다.

그렇지만 완전히 낯선 이름보다는 어려서부터 집에서 불렸던 원래의 이름인 '고진경'으로 개명했다.

이제 남은 삶은 고진경으로 누구에게든 흡수되는 물 같은 사람, 꼭 필요한 공기 같은 사람으로 살아야겠다고 결심했다.

36

그대를 나의 '애교 선생'으로
명하노라

남편(그 당시에는 대장이라고 불렀다. 그렇게 부르라기에)과 연애할 즈음이다. 좋은 계절 어느 하루 경춘선을 타고 춘천으로 향했다. 주말이면 기차간마다 젊은 청춘으로 가득 차 노래와 이야기 소리로 시끌벅적하고 요란했지만, 주중이었기에 한산했다.

우리는 빈자리가 있는 창 쪽으로 마주앉아 바깥의 멋진 풍경도 보며 이야기를 나누고 있을 때 앳되고 예쁘장한 아가씨가 우리에게 빈자리냐고 물었다. 그렇다고 하자 잠시 후에 올 테니 자리 좀 맡아달라고 하기에 그러마 했고, 장난기 많은 대장은 내기를 하자고 했다. 여자끼리 오면 우리는 남매인 척하고 아가씨를 꾀어보겠다는 것이었다. 우리는 보는 사람마다 남매냐는 소리를 많이 들었기 때문에 그러자고 했다.

조금 있다가 그 앳된 아가씨는 늙수그레한 남자와 같이 와서 자리에 앉았다. 내기하기로 한 것은 포기하고 우리는 일행끼리 앉게 되었다. 나는 상대편을 안 보는 듯하며 유심히 바라보았다. 앳된 아가씨는 화장을 안 해도 참 예쁜 얼굴이고 더 어려보일 텐데 왜 굳이 화장을 진하게 했을까? 저들은 어떤 관계일까? 궁금했다.

그 여자는 작은 손을 모아쥔 주먹으로 남자의 가슴을 콩콩 치며 우스워 죽겠다는 듯 웃기도 하고, 어깨에 기대고 귓속말로 속삭이기도 하는 모습이 너무 예쁘고 사랑스러워 보였다. 그때서야 그 여자가 나이 든 남자에게 맞추기 위해 화장으로 나이 들어 보이게 한 것이 아닌가 하는 생각이 들었다. 그러고 나니 그 여자의 배려심이 더 예뻤고, 마음이 짠하기도 했다. 나는 대장에게 나직이 말했다.

"저 여자, 참 애교스럽고 예쁘지?"

그랬더니 냉큼 말을 받았다.

"너도 좀 그래 봐."

나는 뒤통수를 한 대 맞은 느낌이었다.

나는 과묵한 여자였다. 하루에 말 몇 마디만 해도 친구들은 "너 오늘 말 많이 했다."라고 할 정도로 말수가 적었다. 살아온 환경 탓에 내 마음을 잘 드러내지 않으려고 좋아도 안 좋은 척, 싫어도 싫지 않은 척했고, 대장이 주로 말을 하는 편이었고, 나는 고개를 끄덕이며 거의 들어주는 입장이었다. 그러니 애교라는 건 전혀 몰랐다. 그랬기에 "너도 좀 그래 봐." 하는 소리는 나한테 엄청난 충격이었다. 아~ 이 사람도 남자였구나. 여자의 애교를 좋아하는구나. 나는 마음속으로 '그래? 그랬어? 그럼 해보지 뭐.' 했다.

고등학교 친구 중에서 애교스런 친구가 있다. 애교라기보다는 솔직함을 자연스레 표현해 내는 게 부럽고 닮고 싶었기 때문에 이 기회에 그 친구와 기차에서 만난 아가씨를 내 '애교 선생'으로 삼았다.

그래서 대장이 스타킹 한 켤레만 사주어도 나는 호들갑을 떨며 고마워 죽겠다는 표정과 말로 이것이 애교려니 하고 표현해 봤다. 처음에는 뒤통수가 뜨겁고 얼굴이 화끈 달아올랐지만, 그것도 해보다 보니 할 만했다.

결혼하고 나서 한참 뒤, 내 애교에 관해 물어보니 "이제, 여우가 다 됐어."라고 했다.

이만하면 성공이 아닌가?

이렇게 나에게는 두 여인을 '애교 선생'으로 임명한 나만의 비밀스러운 사건도 있다.

37

힘내세요!!!
우리가 있잖아요

후원금에 대해서 언급하기가 참 조심스럽다. 나를 돌아다보면, 형편이 안 되어서 못 하는 경우도 있을 것이고, 마음이 안 따라 주어서 안 하기도 할 것이고, 신뢰하지 못해서 고개를 돌리기도 할 것이다. 그러나 정보를 몰라서 못 하는 사람도 있으리라고 생각해서 내 생각을 이야기하고자 한다.

주일이면 어려운 단체에서 소개와 홍보를 하고 도움을 청하러 온다. 참으로 다양하게 많다. 이야기를 들어보면 어느 한 곳도 그냥 지나칠 수가 없을 정도다. 또 팔아서 기금으로 쓰고자 가지고 오는 물건도 여러 가지다.

사연을 듣고 나면 안 사기에는 마음에 걸린다. 그러나 내 생활이 어려울 때면 후원도 못 하고, 물건을 못 사줄 때도 많았다. 그럴 때는 짜증도 났다. 다른 사람들처럼 함께 협조하지 못하는 내가 처량했고, 또 어떤 때는 어려워도 어쩔 수 없이 하기도 했다. 그랬기에 미사가 끝나면 눈도 안 마주치고 도망치듯 빠져나가기도 했다. 형편도 형편이지만, 마음이 넉넉지 못했으리라.

그러다 문득 내가 힘들어할 때 누군가 내 곁에서 함께하고 있다는 생각만으로도 힘이 될 때가 많았다. 그랬기에 지금은 마음을 달리 먹었다. 일일이 찾아다니지 않아도 와서 알려주니 가만히 앉아서 좋은 일을 할 수 있게 해주어 고맙고, 꼭 큰돈이 아니어도 내 형편껏 적은 액수지만 그들이 혼자가 아님을, 누군가가 함께하고 있음을 느낄 수 있게 기회를 주어 도리어 감사하게 생각하게 되었다.

난 열두 군데 정도에 꾸준히 후원하고 있다. 워낙 액수가 적어서 금전적으로는 큰 도움이 못 되어 부끄럽다. 하지만 열두 군데에 내 마음이 보태지고 기도가 보태져 그들이 외롭지 않기를 바라는 마음이 더 크다. 또한, 봉사자들이 봉사에만 충실할 수 있도록 해주고 싶다. 유일하게 내가 욕심을 부리는 게 있다면 돈이 많아서 이왕 후원하는 거 도움될 수 있도록 듬뿍 하고 싶다. 참깨가 백 바퀴 구르는 것보다 수박 한 바퀴가 더 크듯.

후원하면 크게 얻는 것이 있다. 아무리 적은 금액이라도 액수에 상관없이 한 달에 한 번씩 후원자를 위한 미사를 드려준다. 이보다 더 큰 선물이 어디 있겠는가? 나는 돈으로, 단체는 기도와 미사로 서로 하나가 되어 협력자로서 사랑을 실천한다.

14K 묵주반지가 유일한 금일 뿐, 나는 금목걸이, 금반지가 하나
도 없다. 그뿐 아니라 어떠한 보석조차 지닌 게 없다. 그리고 명품
가방이나 비싼 소지품도 없다. 다만, 후원금이 자동이체로 빠져나
가는 통장이 나를 부자로 느껴지게 할 뿐이다. 통장에 잔고도 별
로 없지만, 다행스럽게도 한 달 한 달 후원금이 무사히 잘 빠져나
갔음에 감사할 따름이다.

나는 남의 불행에 내 행복을 얹지도 않지만, 남의 행복이나 성
공에 밀리거나 주눅이 들지도 않는다. 이만큼이라도 나눌 수 있으
니, 누리고 사는 내가 부자이려니 하고 살고 있다. 아무리 가진 돈
이 많아도 쓰지 않고 쌓아둔다면 그건 내 것이 아니다. 다만 값지
게(?) 쓴 돈만이 내 돈이라 생각한다.

"오른손이 하는 일을 왼손이 모르게 하라."는 성경 말씀에 따라
조용히 해왔던 일을 이렇게 밝히는 것은 혼자 하기보다는 한 사람
이라도 더 동참해 주기를 바라는 마음에서이다.

천국 문에 이렇게 쓰여 있단다.
"개인 사절, 단체 환영."

38 · · ·

무슨 복에 이런 아들을
얻었을까?

"가슴이 설렌다는 것은 좋은 일이고, 가슴 설레게 하고 싶은 게
있다는 것은 행복한 사람이에요."

책을 쓰려 하니 가슴이 설렌다고 했더니 아들이 나에게 열심히
해보라며 해준 말이다.

아들은 직업상 퇴근이 늦다. 집에 들어오면, 밤 12시가 넘는다.
당연히 피곤할 텐데도 내가 안 자고 기다렸다가 말하고 싶은 게 있
다고 하면 아들은 시간에 관계없이 하던 손을 멈추고 나와 눈 맞
추며 내 이야기를 다 들어준다. 맞다 틀리다 판단하는 게 하나라
내 생각에 공감해 주고, 자기 생각과 의견을 말한다. 이래서 우리
모자는 언제, 어느 때건 서로 말을 나누는 게 재미있고 찾지다.

'아들' 하면 생각나는 건 늘 고맙고 나에게 감동을 준다는 것이

다. 고등학교에 입학한 뒤 새벽이면 신문 배달을 했고, 그 외에도 예식장의 서빙, 지하철 전선 옮기는 일, 주유소 주유원으로 일하는 등 군대에 가기 직전까지 가리지 않고 일을 했다. 그리고 입대하면서 나에게 자전거를 한 대 사주고 모아둔 돈을 다 주고 갔다. 2년의 군 생활 기간 또한 용돈 한 번 타 간 일 없이 도리어 군 봉급까지 저축했다. 분명히 군대에서 몸은 힘들었을 텐데 내색 안 하고 재밌게 이야기를 해주어 나도 군대에 가고 싶을 정도였다. 마음 한구석조차도 나를 힘들게 하지 않는 사려 깊은 아들이다.

내가 임플란트 열세 개를 심기 위한 수술 날짜를 잡아 놓고 기다리고 있을 때, 아들이 출근하면서 카드를 내놓으며 이렇게 말했다.

"어머니, 주위에 식사 대접할 분 있으면 같이 가서 영양가 있는 음식으로 드세요. 이제 수술하면 한동안 음식을 제대로 못 드실 테니, 미리 영양 보충해두어야 하는데, 제가 사드릴 시간이 없어서요. 분명히 어머니 혼자서는 안 가실 거니까, 이 기회에 대접할 분과 함께 마음껏 드시고 오세요."

서른 살도 안 된 아들의 생각이요 말이었다.

수술 당일에도 같이 있어 주었고, 병원 갈 일이 있으면 으레 동행해 주었다.

그러나 그 무엇보다도 고마운 것은 나에게 필요한 것이 무어냐고 물어봐주고 필요한 것을 해준다는 것이다. 엄마로서 이루어 놓은 게 없는 삶이고, 또 아들에게 해준 게 없어 미안해서 도리어 목소리 높여 얘기한다.

"넌 부모가 가진 게 없어서 집에 불 날 걱정도 없고, 도둑맞을 걱정도 안 하게 해주어 감사하지? 만일 부유하게 살았으면 젊어서는 사서도 한다는 고생을 해볼 일이 없었을 텐데, 자연스레 고생할 기회를 주었으니 얼마나 다행이냐?"

그럼 아들은 이렇게 말한다.

"어머니는 저희들을 방목하셨죠……."

"그건 방목이 아니라 철저히 절제된 사랑이니라."

우리 두 모자는 이러고 깔깔댄다.

39

아주 쿨한
따님이여

내가 세워둔 내 틀 안에서 벗어나지 않으려고 무던히도 애쓰며 사는 내가 답답했을 딸은 적절히 튕겨져 나갔다.

한 치도 변함없는 교과서요, 모범생 같은 엄마와 달리 바깥은 넓고 숨통이 트였으리라. 색다른 경험은 얼마나 짜릿했겠는가. 나는 그런 딸을 통해서 내가 살아보지 못했고, 경험해 보지 못한 또 다른 인생을 맛볼 수 있었다. 그러면서 딸이 크는 만큼 나도 같이 커 갔다. 부모만 아이들을 키우는 게 아니고 아이들도 부모를 키울 수 있다는 걸 알게 되었다. 부모도 첫 경험이요, 아이들도 첫 경험이니 그럴 수밖에…….

"난 엄마처럼 안 살 거야."

나도 예전에 우리 엄마에게 했던 말을 그대로 딸에게 듣는다. 엄마가 바보 같아서 저희들을 고생시킨다고 생각해서 불만이 많았다. 언제 뿜어져 나올지 모를 불덩이를 가슴에 품고 살아온 딸이었다. 엄마처럼 안 살겠다던 딸도 나와 비슷한 점이 있다. 남편의 중국 사업 실패로 인해 아이들이 벌어온 돈까지 모두 모아 빚을 갚아 나갈 때였다.

한번은 딸이 이번 달 봉급을 줄 수가 없다고 선전포고를 했다. 형편이 매우 어려운 친구에게 생활비로 주었다고. 그것도 모자라 친구들한테도 조금씩 갹출하는 일까지 도맡아했다. 의리가 대단하다. 제 어미도 어려운데…… 하고 서운했지만 어쩔 수가 없었다. 나 또한 딸의 친구를 집으로 불러들여 밥해 먹이고 반찬을 해서 싸 들려 보냈다.

그래서인지 가는 곳마다 친구를 잘 사귀고 선머슴 저리 가라 할 정도로 쿨하다. 생전 시집 안 가고 늙도록 엄마 곁에서 살 거라고 겁을 잔뜩 주더니만 그래도 다행히 갔다. 나로서는 너무 늦지 않은 적절한 나이에 시집을 가준 것만으로도 최고의 효도를 받은 느낌이다.

지금은 "엄마의 딸이 어디 가겠어?"라며 내가 하던 행동들을 많이 따라 한다. 아들만 둘을 둔 시어머니에게 큰며느리가 아닌 아예 딸 노릇을 한다. 친정엄마 욕 먹으면 어쩌나 하는 우려와는 달리, 색다른 음식만 하면 시어머니께 들고 달려가고 먹고 싶은 거 있으면 해달라고 딸처럼 졸라대기도 하고, 심지어 먹을 것도 사달라고 응석도 부린단다.

"아이고, 내 딸, 시어머니한테 잘해서 예쁘네."

이렇게 칭찬하면 이런 말을 한다.

"내가 잘못하면 엄마, 아빠가 욕먹잖아. 그러면 안 되니까."

"고맙다, 딸!"

"뭘……."

우리 딸, 아주 쿨하다.

40

역시 당신은
짱입니다요

"당신, 50만 원 주면 어디다 쓸 거야?"

장난기로 가득한 눈을 반짝이며 남편이 물어보았다.

"내 통장에 넣어두고 야금야금 쓸 거야. 내가 좋아하는 찹쌀도 넛도 사 먹고, 시장 지나가다 마음에 드는 옷도 사 입고, 친구들에게 밥도 사 주고, 커피도 같이 마시면서, 나만을 위해 쓸래."

이렇게 대답하고, 가슴 설레며 이제나저제나 남편이 돈 주기만을 기다렸다. 그러나 한참이 지나도 말이 없었다.

"나 50만 원 언제 줄 거야?"

"무슨 50만 원?"

"저번에 50만 원 주면 어디다 쓸 거냐고 물어봤잖아."

"아, 그거? 그냥 물어본 거야."

아~~ 한숨이 절로 나왔다. 허탈했고, 마음이 시려 왔다.

늘 빠듯했고, 아니 늘 모자란 살림이라 나만을 위해 돈을 써본 기억이 별로 없었다. 쓰려면 굳이 못 쓰지는 않았겠지만, 쓰고 나면 결국은 내가 메꾸어야 하는지라, 그렇게 여유를 부릴 수가 없었다. 나는 늘 목이 말랐다. 내 것을 사려면 들었다 놓기를 거듭하다가, 결국 남편이나 아이들 것만 사 들고 들어오기가 태반이었다. 그랬기에 50만 원 소리에 가슴이 뛰고 너무 좋았다. 그런데 그냥 물어만 본 거라는 말에 맥빠지고, 놀림당한 기분까지 들어 상처를 받았다.

남편은 매사 내 생각은 아랑곳 않고 자기 식으로 대한다. 정작 내가 필요로 하는 것을 하기보다는 자기 생각에 내가 필요할 것으로 생각하는 것을 행동한다. 그래 놓고 고마워하지 않은 내가 배가 불러서 그렇고, 호강에 초를 쳐서 그런다고 화를 낸다. 우리는 그런 일로 말다툼을 한다.

그러고 나면 나는 자전거를 타고 휙 달려나간다. 어느 방향으로든 내가 가고 싶은 곳으로 달릴 수 있는 한강 둔치가 있어서 다행이다. 바람을 가르며 햇빛에 반사되어 반짝이는 한강의 수면을 바라보며 한참을 달리다 보면 온몸이 땀으로 가득하다. 문득 감사의 마음이 가득 차 온다. 바람을 느낄 수 있어서 좋고, 내 다리로 힘차게 페달을 밟을 수 있어서 고맙고, 이런 여건을 주심에 감사해서 잠시 자전거를 세워두고 전화를 한다.

"여보, 고마워."

"뭐가?"

"그냥 모든 게, 다."

"애들아, 고맙다."

"뭐가요?"

"그냥 모든 게, 다."

내가 미국에서 가은이를 보느라 6개월 정도 있다 왔을 때 남편은 이렇게 말했다.

"그전의 당신은 내게 필요한 사람이었는데, 이제는 소중한 사람이야."

매끄러운 사랑 표현은 아니지만, 아직까진 "이 세상에서 여자는 당신 하나뿐."이라고 생각해 주는 남편 덕분에 내가 예쁘다는 착각이 하늘을 찔러, 착각에는 커트라인도 없고, 공주병에는 약도 없다는 불치병에 걸려 있다.

그런 당신은 영원한 내 봉이요 짱입니다요.

41

나는 Y담
교수예요

난 매사 진지하고 열성적이다. 농담도 모르고 융통성도 없고 허튼소리도 안 한다. 말이 많지 않으면서도 요점만 말한다. 그러기에 사람들이 나를 대할 때는 나이와 상관없이 어려워한다. 그래서일까 나와 이야기라도 나누고 싶거나 사귀고 싶어 할 때 으레 하는 질문이 있다.

"혹시, 학교 선생님이세요?"

"아뇨. 저는 고등학교밖에 안 나왔는데요."

"그런데 왠지 인생을 많이 사신 분 같아서요……."

이미 20대에 사람들은 나를 내 나이보다 최하 세 살, 많게는 다섯 살도 더 위로 보았다. 난 사람들에게 허점을 보이지 않으려고 걸음도 씩씩하게 걸었고, 많은 사람이 모여 떠들썩하게 농담하는 자리에는 섞이지도 않았다. 그랬던 나에게 변화의 기회가 왔다.

구의동에서 살던 나를 망원동으로 이사 오게 했던 언니와 함께 동네에 있는 에어로빅장을 다녔다. 워낙 운동을 좋아하기도 했고, 오랫동안 해왔던 거라 나는 앞줄에 서서 잘했다. 처음에는 운동이 끝나면 샤워만 하고 뒤도 안 돌아보고 집으로 곧장 가느라 다른 사람들과 어울리지를 않았다.

그러던 어느 날 샤워를 늦게 하는 바람에 몇몇 남아 있는 사람들이 동그랗게 모여앉아 깔깔거리며 즐거운 표정을 지으며 이야기를 나누는 모습을 보았다. 나는 속으로 운동을 왔으면 운동이나 하고 갈 것이지 무슨 수다를 저리도 떨고 있나? 하면서도 한편으로는 궁금하기도 했다. 무엇이 저리도 재미있나? 저 여자는 무슨 이유로 많은 사람들에게 둘러싸여 인기를 얻고 있나? 나는 듣지 않는 척하고 지나가면서 귀를 쫑긋했다.

아~ 별것 아녔다. 실생활에 도움이 된다거나 인생철학도, 삶의 지혜도, 풍부한 지식의 장도 아닌 그저 듣고 깔깔거리고 나면 끝나고 말 그런 음담패설이었다.

나는 실망스럽기도 했지만, 놀랍기도 했다. 고작 이런 이야기를 듣고자 모여 앉았고, 이런 이야기로 인기를 얻을 수 있다는 것에 대해서……

'까짓것 그럼 나도 한번 해보지, 뭐.' 하고 마음먹었다. 그다음부터는 그런 자리에 끼어 앉아서 이야기를 듣고 기억해 두었다가 다른 곳에서 슬쩍 한번 던지듯 말을 했다. 역시나 웃어댔다. 난 용기를 내어 한 마디에서 두 마디, 점점 늘여 나갔고, 들은 이야기에다 살도 붙이고 살짝 바꾸기도 하고, 심지어 책도 찾아가며 소재를 찾기도 했다. 드디어 나도 인기인이 되어 갔다. 나는 웃지도 않으면서 말을 너무 잘한다는 것이었다. 이제는 사람들이 모이면 늘 나를 찾았고, 내 입만 바라보았다. 이렇게 해서 나를 Y담의 교수로 인정해 주었다.

이 일화 또한 내 노력에 따른 내 삶의 한 편의 이야기이며, 30대 초반의 즐거움이었다.

42

대공원에서 아이스크림을 빨던 '법대로 스님'

직원 열 명을 두고 하청 공장을 할 때였다. 재단사 한 명과 미싱사, 시다로 구성되어 가죽옷을 만드는 공장이었다. 사장인 남편은 원자재와 부자재 구입 일을 했던 사람이라 일의 흐름은 잘 알지만, 실질적인 기술은 몰랐다. 그랬기에 재봉틀이 고장만 나도 일일이 다른 기술자의 손을 빌려야 했고, 사람이 귀했다.

직원 중 재단사와 미싱사가 부부인 사람이 있었다. 어느 날 경찰이 노인 한 사람을 앞세워 공장으로 들어왔다. 재단사의 아버지인데 사기로 고소되어 아들에게 해결해 달라고 온 것이었다. 이야기를 들어보니, 노인이 잘 다니는 절이 있는데 절에서 양봉한 꿀을 팔아준다고 물건을 가져가고 꿀값 1,500만 원을 안 갚고 차일피일 시간만 끌어서 스님이 고소를 한 것이었다.

그 스님은 그 돈으로 집 없는 아이들을 데려다 키우고 공부도 시켜야 해서 더 이상 기다릴 수가 없었다고 했다. 재단사는 당장 갚을 돈이 없으니 자기네 부부가 받는 월급에서 다달이 100만 원씩 갚아 나가기로 하고, 사장인 남편에게 보증을 서달라고 했다. 남편은 그러마 하고 보증을 서는 도장을 찍어주었다. 그리고 그 후 그 부부는 잘 갚아 나가고 있다고 얘기했는데, 석 달쯤 있다가 재단사가 몸이 아파서 좀 쉬어야겠다고 안 나오더니 미싱사인 여자까지 수술을 받아서 못 나온다고 했다.

그러던 어느 날 우리 집의 가구들과 공장의 재봉틀, 완성되어 나갈 옷에까지 전부 빨간딱지가 붙었다. 재단사 부부가 두 번 갚은 이후로는 갚지 않아서 보증을 선 우리에게 압류를 붙인 것이었다. 나는 스님을 찾아가 사정을 했다.

"우리는 꿀 한 방울 찍어 먹어본 적 없고, 꿀값도 본 적도 없고, 수갑을 찬 노인도 안 됐지만, 재단사 부부를 생각해서 보증을 선 것이니 선처를 해달라."고 했지만, 막무가내였다. 도장 찍은 죄도 있으니, 법대로 하겠다는 것이었다. 스님은 도저히 말이 안 통해서 집행관 사무소로 찾아가서 울면서 하소연을 했다.

"우리는 아직 젊고 아이들도 어립니다. 돈은 갚겠지만, 지금 당장은 돈 구할 데도 없으니까 제발 시간을 주세요."

서른 살의 젊은 여자가 울면서 사정하는 게 안되었던지 서류를 작성한 뒤 시간을 주었다.

"그러면 다섯 번으로 나누어서 갚아라."

그래서 정말 악착같이 당당히 갚았다.

그 일이 다 마무리되고 나서, 하루는 아이들을 데리고 어린이대
공원으로 놀러 갔다가(집이 대공원 바로 곁이어서 우리 집 마당처럼 들락거
렸다.) 젊은 여자와 웃으면서 아이스크림을 먹으며 걷는 스님을 보
게 되었다. 그때 피가 확 거꾸로 올라와서 쫓아가서 머리카락은 없
으니 머리라도 흔들고 싶은 마음 굴뚝같았다. 하지만 '그래, 스님
이라고 아이스크림 먹지 말란 법 있나? 또 젊은 여자와 걷지 말란
법 있나? 잘 먹고 잘살아라!' 하고 돌아섰다.

이 사건을 통해서 배운 게 한 가지 있었다.

"네 능력을 넘어 보증을 서지 마라. 보증을 섰으면 대신 갚을 각
오를 하여라."

진작에 이 성경 말씀을 봤더라면 달라졌으려나!!! 하긴 내가 한
게 아니라, 나 없는 순간에 마음 약한 남편이 한 것이었으니, 이것
또한 내가 겪었어야 할 일이었나 보다.

43

잊혔던 행복,
오래된 웃음

묵은 짐을 정리하다 1985년도의 일기장을 발견했다.

딸아이가 다섯 살, 아들이 세 살 때다. 살아온 세월 속에서 겪어 온 일들이 하도 굵직굵직해서 잊혔던 생활 이야기들이 들어 있었다.

난 책을 좋아했다. 좋아했다기보다는 살아내기 위해서 읽었다. 그러다 보니 좋아진 것이다. 내 계획 중 욕심 한 가지는 거실을 도서관처럼 꾸며 놓고 아이들을 책 속에서 살게 하는 것이었다.

그래서 거실도 없었고 집도 월세였지만, 할부로 책을 구입해서 온 방에다 책을 펴놓고, 아이들에게 읽어주기도 하고 책으로 집 쌓기도 하고 놀았다. 딸은 하루에 열 권을 열 번씩 읽어줘도 싫다고 안 하고 오히려 더 읽어달라며 매달렸다. 내가 미처 못 읽어줄 때면 딸아이가 동생에게 책을 읽어주는 모습을 보고 깜짝 놀랐다.

분명히 글도 모르는데 내가 읽어주던 억양과 감성 그대로 읽어주는 것이었다. 마치 글을 아는 것처럼……

다섯 살인 딸이 동네 사람들에게 가족 소개를 했다.

"나와 우리 엄마는 여우고요, 동생은 곰통이고요, 아빠는 멋쟁이예요."라고 야무지게 말을 했다. 또 먹고 싶은 게 있거나 갖고 싶은 게 있으면 끝까지 졸라댔다. 그래서 하도 힘들어서 나무라듯 이렇게 말했다.

"네 동생 봐라. 동생은 사달라고 안 하잖아."

"엄마, 동생은 말을 못하니까 사달라고 안 하지……"

또 하루는 밖에서 뛰어놀다 소리를 쳤다.

"엄마, 빨리 나와 봐. 하늘이 가고 있어."

나가보니 센 바람에 구름이 빠른 속도로 움직이고 있었다. 그래서 딸아이에게 그건 하늘이 아니라 구름이라고 알려 주었더니 또다시 물었다.

"구름이 어디 가지? 구름도 술 마시러 가나 봐."

"왜 입안에 침이 있는가?"

"파리는 왜 날개가 있나? 없어야 좋을 텐데. 그래야 잡기가 좋으니까."

"왜 전화통 속에서 할머니 소리가 나지?"

"엄마, 왜 우리들이 엄마, 아빠 보물이야?"

"공룡은 무얼 먹고살까?"

"거미와 벌은 어떻게 집을 지어?"

"짐승들은 화가 나면 어떻게 해?"

"왜 밖에 나가서 비 맞으면 감기에 걸려?"

이처럼 끝도 없는 질문으로 날 지치게 하고, 자꾸만 책을 읽어 달라기에 이렇게 말했다.

"혜인아, 어떻게 너는 네 생각만 하고, 엄마 힘든 생각을 못 하니?"

"난 엄마 생각 몰라요. 내가 어떻게 엄마 생각을 알아요? 엄마가 그랬잖아요. 자기가 어지럽힌 것은 자기가 정리하고, 자기 생각은 자기가 해야 하잖아요?"

어휴~ 되로 주고 말로 받는 느낌이었다.

5분으로 삶이 달라질 뻔한 사건이 있었다. 두 아이를 데리고 셋째 동서네 집에 놀러 갔다. 딸아이가 과자를 먹고 싶다기에 돈을 주면서 사 오라고 했다. 바로 두 집 건너편이기도 하고, 자주 가서 사 오기도 했던 터라 별생각 없이 보냈다. 그렇게 딸을 내보내고 5분쯤 지나자, 아들이 누나를 찾아간다고 나가기에 안고 따라나섰다. 때마침 건너편 가게에서 나온 딸아이가 이상하게 집과는 반대

방향으로 가기에 왜 그런가 했다. 또다시 다른 방향으로 뛰어가다가 골목에서 나온 자가용이 끼익 소리를 내며 급히 멈추었다. 나는 놀란 마음으로 큰 소리로 딸을 불렀으나 못 듣고 이리저리 뛰어다니기만 했다. 그러다가 계속된 내 목소리를 듣고 나를 보며 꼼짝하지 않고 서 있더니 "길을 잃어버렸단 말이야." 하고 울었다.

그때의 가슴 서늘한 느낌이 지금도 전해져 온다. 만일 아들애가 누나를 찾으러 간다고 안 했더라면, 5분보다 더 늦게 나갔더라면, 골목에서 나오는 자가용이 멈춰 서지 않았더라면, 내 딸아이가 끝까지 내 목소리를 못 듣고 달려갔더라면……

아이 하나 잃어버리거나 사고가 나기에는 결코 긴 시간이 필요하지 않았다. 그 짧은 5분이 얼마나 중요한 시간인지를 알게 되었다.

기적이라는 것은 새로운 좋은 일이 일어나는 것이 아니라 별일 없이 무사히 하루를 마칠 수 있는 것이 바로 기적이라고 느꼈다.

오늘 하루 별일 없었음에 감사드렸다.

그립고 그리운
외할머니

피부가 하얗고 굵게 쌍꺼풀진 큰 눈과 체격이 큼직한 예쁜 울 할머니. 얼굴만큼이나 마음과 생각이 얼마나 예쁘고 고운지, 누구라도 한두 번만 겪으면 친구 하고 싶어 하고, 좋아한다.

뛰어놀고 싶어서 시집 안 가겠다는 엄마를 할아버지의 엄명으로 억지로 시집보내며 가슴 졸여야 했던 할머니는 내가 첫 손녀이기도 했지만 철없는 딸 때문에 나를 아기 때부터 돌봐주었다. 그래서 할머니이면서 엄마였다.

아버지와 엄마가 이혼해서 아버지를 따라갔어도, 나는 학교가 일찍 끝나는 날이면 할머니를 찾아갔다. 할머니는 내가 갈 때마다 라면 두 개에다 달걀을 넣고 끓여 주었고, 그것은 나에게 세상에서 먹는 최고로 맛있는 음식이었다.

할머니에게 배운 민화투의 역사도 깊다. 아마도 엄마에게 오고 난 중학교 3학년 때부터였을 것이다. 처음에는 성냥개비를 놓고 시작하다, 10원짜리 동전으로 바뀌었고, 내가 성인이 되어서는 100원짜리 고스톱으로 발전했다. 우리는 지능적이지 못했고, 머리를 쓸 줄 몰랐다. 고지식하게 그날의 화투 운으로만 돈을 따고 잃었다. 그러기에 큰돈이 오고 가는 일이 없었다. 할머니의 유일한 취미였기에 나는 자주 쳐 드렸고, 행복해하는 모습을 보면서 나 또한 행복했다.

할머니와는 유일하게 아픔도 기쁨도 함께한 사건이 많아서 이야깃거리가 참 많다. 할머니는 남편과 연애할 때 김밥도 싸주었고, 남편이 군 생활 할 때 면회도 같이 갔으며, 딸을 낳을 때도 병원 문밖에서 남편이 아닌 할머니가 있어 주었고, 산후조리도 해주셨다.

딸이 백일쯤 지나서 시작한 호떡 장사도 같이했고, 공장을 할 때도 할머니가 아이들을 돌봐주며 살림을 해주었다. 모르는 남자들이 신발을 신고 들어와 집 안에 빨간딱지를 붙일 때 애태웠고, 내가 어렵고 힘든 일이 있을 때마다 달려와 주었다.

배고픔을 참지 못하는 내가 배고파하지 않도록 시간 맞추어 밥을 먹게 해주었던 마음에 보답하기 위해 할머니가 오시는 날에는 제일 좋아하는 삼겹살에 소주를 대접했고, 유부초밥과 아귀찜을 해드렸다. 할머니는 그럴 때마다 '맛나다.'라는 말씀과 함께 맛있게 드신다.

친정 외가 쪽은 장수하는 집안이었다. 증조할머니가 99세, 고조할머니도 90세 넘어서 돌아가셨기에 할머니도 당연히 100세는 사실 것으로 생각했다. 그만큼 아주 건강하셨고, 생활이 규칙적이며 반듯했다. 음식도 알맞게 절제하며 드셨고, 마음으로도 미워하는 사람이 없이 긍정적이며 온유했고 넉넉하셨다.

아침에 눈을 뜨면 식구들의 이름 하나하나를 다 호명하면서 안부와 건강을 위해 기도하셨다. 그런데 나를 웃기게 했던 것은 '하느님'과 '부처님'을 다 찾으셨다는 것이다. 그만큼 절실한 마음이었으리라. 그리고 나면 요가를 30분쯤 하셨다.

그리고 할머니에게 열심히 보시는 연속극에 대해서 물어보면 모르겠단다.

"매일 보면서 그것도 모르고 보세요?"

"응. 몰라."

그러셨다.

남편이 직장생활을 할 때 휴가 때나 시간이 되면 우리는 할머니를 어디든 꼭 모시고 갔다. 어린애처럼 좋아하고 나이 든 사람이라고 고집스럽거나 불편스럽게 하지 않아서다.

8년 전 엄마가 시골로 이사를 가자 "내년 봄에 쑥부쟁이라는 나물을 뜯어 팔아서 100만 원 벌어보자."고 우리는 웃으면서 다짐했었는데, 그 약속을 못 지키고 돌아가셨다. 86세에 노환으로.

할머니는 안 해본 일이 없을 정도로 평생 고생을 하셨지만, 착한 성품대로 온순하고 예쁜 모습으로 남아 있는 우리들과 작별을 했다. 가시는 길 그나마 배웅할 수 있게 해줘서 감사드리며 입관 때 할머니의 얼굴에 입 맞추며 사랑한다고 말해 주었다.

할머니, 할머니가 계시는 그곳 천국에서 영원한 안식을 누리소서.

45

꽃 같은 그대여,
그 이름은 엄마

내가 고등학교 때 본 엄마의 모습은 꽃보다 더 예뻤다. 키 153센티미터에, 발은 225밀리미터. 가녀리게 처진 어깨선이 자주색 비로드 한복과 너무나 잘 어울렸다. 78세가 된 지금도 백발이 된 반곱슬머리가 멋들어진 고운 얼굴이다. 비록 세월에 몸은 망가졌지만…….

내가 열한 살 때, 부모님이 이혼하기 전부터 엄마를 철없는 애 같다고 생각했고, 이혼의 상당 부분은 엄마 때문이라고 생각했고, 나를 보호조차 못 해주는 약한 여자일 뿐이라고 생각했다. 그랬기에 아버지를 선택해서 따라갔지만, 그런 아버지로부터 버림받고 배신당해서 찾아온 나를 엄마는 두말하지 않고 받아주었다. 그때서야 비로소 내 눈에 보인 엄마는 묵묵히 말없이 이 세상과 싸우기도 하고 적절히 타협하면서, 나를 키우고 가르치기 위해 고생을 마다치 않았다. 중학교 때만 해도 나는 엄마가 학교에 찾아오는 게 싫었다. 너무 젊고 예뻐서 친구들이 "네 언니니?"라는 그 말이 듣기 싫어서였다. 하긴 형제 많은 다른 집 같으면 큰언니와 막냇동생 정도 차이가 났으니까.

하지만 엄마의 고생 덕분에 고등학교를 무사히 졸업했지만, 졸업 후에도 나는 내 아픔에만 묻혀서 엄마의 아픔이나 외로움은 헤아리지 못했다. 그저 내가 받은 상처만 내세웠다. 엄마는 언제나 말이 없었다. 나를 야단치는 일도 없었고, 칭찬하는 일도 없었다. 그저 말없이 지켜보고, 믿어 주었다. 심지어 나에게 등 떠밀려 원치 않은 새아버지와의 생활을 시작했지만, 더 크게 받은 상처조차 말없이 끌어안았다.

새아버지와 이혼시키려 했지만, 마음처럼 되지 않자 난 마음을 접어 버렸다. 나 사는 것도 바빠서 마음 쓸 겨를이 없었다. 그러고도 작은 아이를 낳고 산후조리를 해달라고 부탁하자, 엄마는 여전히 말없이 와서 회사 사택인 단칸방에서 같이 지냈다. 엄마의 건강에 이상이 있음을 느꼈지만, 병원을 가보라고, 아니 손잡고 가보지 못했던 내가 너무 무심했다.

나중에야 안 일이었지만, 엄마는 두 번 다시 새아버지를 안 보겠다는 마음으로 산후조리를 핑계 삼아 나에게 왔던 것이었는데, 몸이 안 좋아지자 내게 부담을 안 주려고 결국 새아버지를 다시 찾아간 것이다. 결국, 엄마는 심한 자궁근종으로 하혈을 많이 하다가 적출 수술을 받게 되었다.

공장을 운영하다가 막대한 빚을 지고 힘들어하는 나를 보고 "어쩌다 이 지경까지 갔니?" 이 한마디와 함께 "우선, 급한 거라도 해결해라."며 돈 봉투를 주었다. 매를 맞는 것보다 더 마음이 아팠고 죄송스러웠다. 엄마는 늘 나에게 "잘 생각해서 네 일 네가 알아서 해라."가 전부였다. 그 말이 서운하기도 했지만, 덕분에 깊게 생각하는 습관도 생겼다.

40년을 살아온 새아버지는 지금까지 엄마의 생일을 단 한 번도 기억하지도, 챙겨주지도 못하는 무심한 사람이다. 더구나 '여자'는 보호받아야 할 약한 존재라는 것조차 모른다. 젊었을 때는 몰랐지만, 이제 나이를 먹고 몸이 망가지고 나니, 그렇게 말이 없던 엄마의 목소리가 커지고 화가 많다. 나는 그런 엄마의 마음이 느껴져서 맞장구를 쳐주고 공감하고 위로를 해준다. 말 없고 표현하지 않던 그 긴 세월의 아픔과 외로움을 다 채워주지는 못하지만, 든든한 딸이 되고 싶다. 자식이라곤 유일하게 나 혼자이기에······.
아직도 나에게는 꽃보다도 더 고운 엄마~ 사랑해요. 사랑해요. 그리고 내 엄마여서 고마워요.

4부

당신이
제 보물
입니다

보석이
된 아픔

46

마음의 고향인
4총사

4총사는 내 중학교 동창들이다. 초등학교 4학년 때 부모님의 이혼 후 외롭고 힘들 때 나만 이 세상에서 불행한 듯 무척이나 울었었다. 그럴 때마다 내 곁에 있어 준 고마운 친구들이다.

그때는 너나 할 것 없이 다 어려웠지만, 사실 나에겐 경제적 어려움은 문제가 안 되었다. 나만 무남독녀였지 다른 세 친구는 약속이나 한 듯 3남매였다. 이집 저집을 가도 형제들이 있었고, 반겨주는 엄마가 있었고, 친구들이 쉽게 부르는 오빠, 언니, 동생이라는 단어에 눈물이 핑 돌았다. 우리는 영원히 변치 말자며 4총사로서 다짐한 대로 지금껏 이어왔다.

'양님'이는 마음이 참 따뜻한 친구다. 시부모도 잘 모셨고, 친정엄마, 동생도 다 책임지다시피 큰 몫을 하는 친구라서인지 마음 그릇이 크고 따뜻하다. 나뿐만 아니라 어떤 사람에게도 밥을 잘 사고, 내가 힘들어할 때마다 영양가 있는 걸로 잘 먹어야 한다며 데리고 다니며 사 먹였다. 이 친구의 말 중에서 "언제든지 먹고 싶은 거 있으면 와. 뭐든 사 줄 테니까."라는 말은 참 배부르게 해준다. 먹지 않아도 배부르고 든든하다. 그 말만으로도 다 먹은 느낌이다. 실제로도 이 친구에게 가기만 하면 영양 보충을 하고 올 정도다. 또 친구의 친정 식구들은 내 식구와도 같다. 어려운 형편임에도 불구하고 사정상 갈 곳을 찾아 헤맬 때 나를 품어 주었고, 결혼하여 첫아이를 가졌을 때 임산부가 잘 먹어야 아이가 짝눈이 안 된다며 잔칫상 차리듯 많은 음식을 해주셨던 양님이 엄마는 천주교에 입교하자 영세 대모가 되어 주셨다.

'정숙'이는 야무지고 정확한 친구다. 약속하면 틀림이 없고, 시간을 어기는 법이 없다. 고등학교 졸업하고 직장을 찾아다닐 때 이 친구 엄마의 소개로 취직되었다. 기숙사가 있는 곳이라 나에게는 그 어떤 곳보다도 최고의 직장이 되었다. 고맙다고 제대로 인사도 한 번 못 드렸는데, 정숙이 엄마가 일찍 돌아가셨다. 그 후로 언니와 남동생이 있지만, 이 친구가 맏이 노릇을 해왔다. 그래서인지 정숙이는 아담하고 약해 보여도 당차고 어른스럽다. 우리는 서로 내가 언니라며 우겨 보지만, 사실은 이 친구가 더 어른스럽다. 나보다 2주 먼저 결혼을 해서 모자 면사포를 빌려서 쓰기도 했다. 그리고 정숙이가 중국집, 복요리집, 몽골음식점을 할 때는 부담 없이 먹게 해주어 입과 마음을 행복하게 해주었고, 또 이 친구 신랑이 근무하는 기장의 숙소까지 내려가 우리 네 부부가 한데 어울려 실컷 이야기를 나누고 추억을 만들기도 했다.

'희정'이는 소리 없이 늘 제자리에 있는 친구로, 우리 세 친구에게 부러움의 대상이었다. 부모님이 고대 근처에서 번듯한 이층집에다 고대생들에게 하숙을 쳤다. 이북에서 내려오셔서인지 반찬 솜씨도 좋고 바지런하셔서 거뜬히 그 큰살림을 해내셨다. 우리가 놀러 가면 늘 아르바이트 거리가 있었다. 밥상을 차리거나 치우는 일, 빨래 개는 일, 반찬 만들 때 거들어 주는 일, 청소 등등……. 우리들은 일을 끝내고는 당당히 밥값을 했다고 낄낄거리며 많이들 먹어댔다. 주인집 딸과 하숙생 이야기로 끊이지 않는 수다를 떨며 마냥 재미있어했다. 희정이는 내가 결혼할 때 예식장 대신 직장으로 있던 향군회관을 무료로 사용하게 힘써주고, 자신의 화장품을 가지고 와서 어설픈 솜씨로나마 신부 화장을 정성껏 해주었다. 결혼 후 신혼집을 이 친구가 사는 근처에다 얻어 의지하고 살기도 했다.

이렇게 우리 4총사는 서로와 서로가 얽히고설킨 채로 학창시절을 보내왔고, 지금도 다름없이 지내고 있다. 사는 곳이 다르고 형편도 다 다르지만, 언제라도 만나면 중학교 시절로 되돌아가 이야기가 끊이지 않는다.

　고향을 느끼게 하는 포근한 내 친구들. 너희들이 함께해 줘서 고맙다. 우리 환갑, 칠순, 팔순이 되어도 우리는 영원한 4총사인 거 알지?

47

언제든 달려오는
지원병들

고등학교 동창들, 마음으로 함께 끌어안고 있는 든든한 원더우
먼……. 같이 아파해 주고 내 아픔의 깊이를 메꾸어 주려 마음 쓰
는 고마운 친구들이다.

'호난'이는 동그란 얼굴에 동그란 눈을 가져서인지 마음도 동그랗
다. 유머러스한 아버지와 전형적인 착하고 어진 엄마 사이에 8남매
중 일곱 번째인 친구 호난이의 식구들은 동그랗게 모여서 살았다.
나도 그런 동그라미 안에 들어가고 싶어서 부러움에 일주일을 운
적이 있었다. 형제가 많은 탓도 있겠지만, 친구의 따뜻하고 동그란
마음이 푸근하게 해준다.

내가 힘들거나 병원에 있으면 제일 먼저 달려와 말없이 두둑한
봉투를 쥐여 주며 용기 잃지 말라며 힘을 주면서도, 정작 자신에
게 무슨 일이라도 생기면 내가 마음을 쓸까 봐 말도 안 한다. "결

혼하고 나서 평범하게 살고 있다."는 내 말에 호난이는 "너는 평범 미달이야."라며 내가 고생하는 걸 늘 안타까워한다. 세월이 흘러 나이를 먹었어도, 여전히 몸도 마음도 동그랗게 예뻐서 곁에 있으면 마냥 즐거움을 느끼게 해주는 친구다.

'혜자'는 영적인 협력자요 은인이다. 이 친구는 끊임없이 나와 내 가족을 위해 기도를 해준다. 혜자는 많은 걸 나에게 주면서도 도리어 나한테 얻어간다고 말한다. 줄 게 아무것도 없는 가난한 나로서는 그 친구의 말이 나를 쓸모 있는 사람으로 여기게 해준다. 그리고 혜자는 필요한 순간에 필요한 것을 소리 없이 티내지 않고 내어준다.

결혼식을 준비하고 있을 때 손재봉틀 하는 친구에게 내 웨딩드레스를 부탁해 주었다. 우리는 서로 알지도 못하는 사이였지만, 이 친구의 소개로 만나 같이 평화시장을 다니면서 천과 레이스를 구입해 첫 작품으로 드레스를 만들어 입을 수 있었다. 아픔도 즐거움도 대책 없이 쫑알대도 웃으면서 다 들어주는 은인이며 친구다.

임플란트 열세 개를 해 넣는 치료를 받고 있던 중 마지막 잔금을 치르지 못해 고민하고 있을 때, 계좌번호를 보내달란다. 용돈 정도 보내려나 싶었는데 무려 300만 원을 보내왔다. 아무런 조건도 없이. 나는 갚을 기약이 없어서 싫다고 했더니 신경 쓰지 말고 아무 때고 갚을 수 있으면 갚고, 아니면 말라고 했다. 배짱도 좋다. 나를 믿어주고 내 형편에 도움이 되기 위해 애쓰는 그 마음이 말할 수 없이 고맙다.

'성혜'는 깔끔한 멋쟁이 친구다. 군더더기가 없다. 고등학교 때 내 생전 처음으로 성당을 접하게 해주었다. 물론 그때는 아무것도 몰랐었고 몇 번 다니지는 않았지만, 성혜는 나에게 종교의 씨앗을 뿌려준 친구다. 아무리 아프고 어려워도 내색을 안 하고 묵묵히 참아내는 뚝심이 있다. 어느 장소에서든 있는 듯 없는 듯 조용하고, 중고 가게에서 적은 돈으로도 멋을 낼 줄 아는 센스는 그 누구도 따라갈 수가 없다. 나는 이 친구의 조용함에 편안함을 느낀다.

사실 이 친구들에게 나는 준 것이 없다. 그저 받고 또 받았을 뿐인데도, 불편함이 없다. 눈치도 안 보인다. 이날 이때껏 좋은 일보다는 불편했을 상황이 많았고, 어떤 어리광을 부려도 다 받아주었던 것은 친구들의 마음 그릇이 커서라고 생각한다. 정말 고맙다, 소중한 내 친구들아!

48

땅에 사는 천사를
만났어요

'김정옥 로사리아'는 나이로는 네 살 아래 아우지만 마음 씀씀이
는 큰언니다. 체격은 약하디약해 보호본능을 느끼게 하지만, 생각
은 담대해서 어떤 불의에도 굴하지 않는 굳셈이 있다. 내가 로사리
아를 만난 것은 주님의 배려요 큰 행운이다. 인간의 욕심으로 한
다면 있는 거 다 팔아 사고 싶은 사람이지만, 나만이 독점할 수도,
해서도 안 되는 많은 사람에게 쓰일 귀한 사람이다.

내가 성당에서 작은 봉사직을 맡아 하지 않았다면 못 만났을지
도 모를 사람이기에, 주님이 내게 보내주신 천사요, 아플 땐 의사
요, 힘들어 주저앉아 있을 때는 다리가 되어 주었다. 정말 어렵고
외로운 시기에 내 곁에 있어 주었다.

키우던 개로 인해 상심해 집을 나왔을 때도 기꺼이 방 하나를
내주었고, 남편이 택시 강도를 만난 사고와 파산하려 할 때 누구보
다도 가슴 아파하면서 다른 방법이 있나 하고 여러모로 알아봐 주

었으며, 내 생활의 안정을 위하여 나를 살려낼 생각으로 계를 모았다. 어려운 일이 닥칠 때마다, 형제가 없어 더 외롭고 힘들다며 울 때 기꺼이 형제가 되어 함께 해결해 가기 위해 정작 나보다도 온 힘을 다해 주었다.

파산하고 아무도 모르게 이사 가기 전에 고마웠던 사람들에게 한 끼 식사를 대접하는 마음으로 불렀을 때 나를 너무나 잘 알아서였을까? 내 생각을 콕 집어냈다.

"형님, 꼭 어딘가로 떠날 사람 같아요."

"아니. 왜?"

"그러시면 안 돼요. 잘살다가 집에게, '고맙다. 그동안 있게 해줘서.' 하고 좋은 감정으로 떠나야 집도 좋아하고, 새로 시작하는 형님도 좋은 거예요. 잘못된 상태로 떠나면 집이 서운해하잖아요."

그 말을 듣고, 내 가슴이 쿵 하고 내려앉았다.

문득 이 집을 사서 올 때가 생각이 났다. 1992년 3월 입주할 당시는, 공장을 운영하다 진 빚을 다 갚고 통장에 딱 30만 원 남아 있는 돈으로 과감히 앞뒤 생각 없이 사게 된 집이었다. 형편상으로는 도저히 살 수 없는 상황이었지만, 3년 정도 빚 갚는 일에 최선을 다하고 나니 나도 모르는 배짱이 생겼나 보다. 그런데다 집값이 모자라서 사연도 많았던 터라 더욱더 감사했고 소중했다.

그랬음에도 불구하고 나는 이 집을 지켜내지 못했다는 죄스러움과 부끄러움으로 떠나려 했던 것이다. 내 마음을 들켜 버려서 그랬노라고 솔직히 인정하고 마음을 돌렸다. '그래, 서운한 마음보다는 고마운 마음일 때 이 집을 떠나자.' 하고 다시 시작해 보기로 했다.

이렇게 무슨 일이 있을 때마다 미처 내가 생각지 못했던 부분을 알도록 일깨워 준다. 세상 나이로는 내가 선배고 겪어낸 경험은 많을지라도, 그 마음과 생각의 깊이는 아무리 노력해도 도저히 로사리아를 따라갈 수가 없다. 이미 태어날 때부터 그릇의 차이가 다른가 보다. 그 반듯한 큰 그릇의 마음이 부럽고 배우고자 하지만, 좀처럼 간격이 좁혀지지 않는다. 그래서 언제까지라도 그 손을 놓지 말고 따라가야겠다는 게 나의 솔직한 욕심이다. 이 친구와 함께하는 한 어리석은 욕심은 안 부리게 될 테니까.

49

엄마유?
형님이유?

지금은 보령으로 이사를 가서 자주 보지는 못하지만, 거리가 떨어져 있다 한들 '김은숙 데레사' 형님(성당에서 윗사람에게 부르는 호칭)께 향한 마음은 결코, 줄어들 수가 없다. 받은 사랑이 너무 커서 가슴이 가득 차오른다. 할 수만 있다면 내 언니로 만들고 싶다. 얼굴 모습이 아름답고 고결하고 정도를 벗어남이 없으며 약한 사람 앞에서는 한없이 따뜻하고 사랑이 넘치지만, 올바르지 않음 앞에서는 냉정함이 칼끝 같다.

20년 이상을 지켜보았지만, 단 한 번도 흐트러짐이 없는 보스의 카리스마를 갖추고 있다. 아저씨가 암 투병 중일 때도 소리 없이 병간호와 건강을 위한 먹거리와 그 어떤 일에조차도 매사에 철저함이 태풍에도 흔들리지 않은 거목처럼 느껴졌었다. 난 그런 형님의 품이 느끼고 싶어서 힘들 땐 마음껏 울었다.

요리사이신 형님은 우리에게 특급 요리를 먹게 해주었고, 큰 눈, 큰마음만큼이나 큰 손으로 뭐든 많이 하시어 누구라도 다 먹이고도 남을 만큼 했다. 형님을 따르고 친하게 지내던 우리 동생들은 병아리가 어미 닭의 품에 모여들듯 음식과 사랑을 받아먹었다. 부부가 다 함께 등산을 가거나 나들이를 갈 때면 형님의 손만 바라본다. 오늘은 어떤 맛있는 걸 먹을 수 있을까? 하고……. 살림에 손이 덜 익은 우리에게 갖가지 장아찌와 밑반찬 된장, 고추장을 아낌없이 싸 주었다.

성당에서 같은 구역의 반장으로 일할 때 1년에 한 번씩 바자회를 열었다. 열여섯 개의 구역이 자신 있는 음식 한 가지씩 맡아서 만들어 파는 일을 할 때 우리 구역은 뭐든 자신 있었다. 요리사 형님이 있기에…….

기가 막히게 맛있는 떡볶이를 팔았다. 제일 인기가 있었고, 신부님조차도 "내가 떡볶이를 좋아해서 다 다니면서 먹어봤지만 이렇게 맛있는 떡볶이는 우리나라에서 최고야." 하는 말에 다들 까르르 웃어대며 좋아했다. 그때부터 우리 구역은 으레 떡볶이 구역으로 정해졌다. 바자회 행사가 끝나면 자축연으로 미사리까지 달려가 라이브 찻집에서 차를 마시며 마냥 행복함에 젖어 소녀 감성이되어 함께 노래를 부르기도 했다. 형님이 축이 되어 즐겁게 봉사할 수 있던 시간이었다.

난 혹시 전생에서 내 엄마가 아니었을까? 하고 생각해 보았다. 나이로는 분명히 언니이지만, 마음으로는 미처 그 깊이를 헤아리기가 어렵다. 얼마만큼 농축되고 발효된 삶을 살아내면 저렇게 될 수 있을까 싶어 배우고 싶지만, 감히 따라 할 수 없는 크기이다. 나는 엄청난 행운아다. 부족한 것이 많고 모자람이 많은 덕분에 얻을 수 있는 행운. 내가 가진 게 많았다면 과연 이런 만남이나 소중함을 느낄 수 있었을까? 없는 게 자랑은 아니지만, 나에게는 가진 게 없다는 사실이 도리어 큰 재산이 되었다. 나를 엄청난 행운아로 만들어준 당신은 내 엄마인가요? 형님인가요?

50

'고·양·이·손'
이랍니다

'고·양·이·손'은 봉사를 같이하던 동갑내기 동네 친구들로, 네 가지 성씨, 즉 고씨, 양씨, 이씨, 손씨로 이루어졌다. 처음에는 여자들끼리만 만나 성경공부도 하면서 잘 지내다 보니, 자연스럽게 남편들도 함께하게 되었다. 아이들도 고만고만, 사는 것도 큰 차이 없이 고만고만하다 보니 함께 공감하고 공유하는 게 많았다. 서로가 각자 어려운 얘기를 나누면서 함께 울었고, 함께 웃었다. 남자들도 모두 모이면 소꿉친구들처럼 개구쟁이가 되어 얼마나 장난을 잘 치는지……. 여자들은 곁에서 깔깔거리고 수다를 떨고.

'양병해 로사'는 유일하게 일곱 살 어린 막내로, 모르는 게 없는 똑순이다. 작은 키에 큰 눈을 가지고 있는데, 아마도 처녀 때는 인형 같았으리라. 키가 훌쩍 큰 순한 양 같은 남편은 말수가 적다. 세 형님들 틈바구니에서 막내 노릇 하느라 힘들겠지만, 대신 귀염도 받는다. 17년 전쯤, 내 어려움을 어찌 알았는지 하루는 봉투 하나를 내밀면서 조심스레 말했다. "형님, 생각지 않은 보너스가 생겼어요. 그래서 쌀을 사드리고 싶은데 괜찮지요?"라며 내 눈치를 보았다. 그 어린 것(36세)이 어찌 그런 깊은 생각을 할 수 있었는지, 그 당시는 누구에게라도 받는 게 마음으로 허락지 않을 때였다. 더군다나 손아래 동생에게 도움을 받는 것이 불편했지만, 하도 조심스레 건네주기에 거절할 수가 없었다. 그 마음이 너무 예쁘고 고마웠다.

'이순일 마리아'는 한 번도 흐트러짐이 없는 선생님 타입의 친구로, 언제 봐도 정갈하고 반듯하다. 말 한마디도 실수가 없다. 메모를 잘하고 정리 정돈도 잘한다. 그랬기에 학교 다닐 때 공부도 잘했으리라. 기억력도 좋아 10년 넘도록 총무를 완벽하게 하고 있다.

그 남편은 우리 모임의 리더이자, 부부가 성가대 출신이라 노래를 잘하고 무척이나 좋아했다. 어디를 가더라도 노래가 빠지지 않았다. 오고 가는 차 안에서도 우리는 모두 목청 높여 노래를 따라 부르고 그 노래에 대해 설명도 자세히 해주어 노래의 맛도 더 알게 되었다. 도로감리사라는 직업상 현장 곳곳을 다니면서 맛있는 음식이라도 먹게 되면 주말이나 주일에 꼭 데리고 가주고, 모임원의 애경사가 생기면 아무리 먼 곳일지라도 장소 불문하고 모두 태우고 다녀주었다. 경상도 사나이라 말이나 행동은 투박스러워도 인간미 있고 정이 많아 어딜 가도 인기맨이었다. 주위 사람들에게 행복감을 주었다.

'손영숙 프란치스카'는 날개 없는 천사, 농담조차 진실로 받아들이고 변함없는 진국녀로, 신앙심이 아주 돈독하다. 내가 힘들어 마음속으로 울 때 "크리스티나, 자기는 웃음이 바로 전교야." 나는 그 말을 듣고 용기를 내었다. 가진 게 없어도 웃음으로라도 나눌 수 있고, 전교를 할 수 있다는 것을 알게 해준 친구다. 그래서 더 웃으려고 노력했다.

반면에 남편은 농담왕, 장난꾸러기, 개구쟁이다. 어느 장소에서든, 아무리 진한 농담이라도 전혀 음탕하거나 끈적이지 않는 장점의 소유자, 누구와도 한두 번만 만나보면 곧바로 친구가 되는 친화력이 끝내준다. 그렇기에 우리 부부 모임에서 웃음의 제조자가 되어 배꼽을 찾으러 다녀야 할 정도이다.

하느님의 자녀로 만난 사이라 그럴까? 신앙이 바탕이 되어서일까? 피를 나눈 형제와도 같다. 모임 10년 된 기념으로 여수엑스포 행사의 마지막을 보기 위해 2박 3일의 여행을 떠났다. 1박은 전라도 우리 친정집에서, 1박은 영숙이의 친정인 경상도에서 98세 되신 친정엄마 앞에서 우리들은 철없는 어린애들처럼 춤과 노래로 효도 공연을 했고, 늦은 밤까지 기타 연주와 노래를 부르며 꿈 같은 시

간을 보냈다. 우리는 이런 만남이 오래가기를 바랐으나, 전혀 생각
지 못한 일이 생겨 버렸다. 여덟 명 중에서 나와 봉사의 파트너이
자 마리아의 남편이 대열에서 빠져나가 하늘나라로 먼저 가버렸다.
하느님 나라에 입주한 지 3년이라는 시간이 흘렀지만, 여전히 우리
마음속에 머릿속에 함께하고 있고, 호탕한 웃음소리, 힘차게 부르
는 노랫소리가 들려온다. 나머지인 일곱 명은 그동안 감사했노라,
행복했노라며 또다시 만날 날을 그려본다.

잘 숙성된 청국장에서 진액이 나오듯 함께해온 시간이 숙성되어
서로에게 영양분이 될 수 있도록 이 세상에 남아 있을 그 시간 그
날까지 얼굴 마주보며 사랑하자.

51

나의 왼팔과
오른팔입니다

동네에 열 명이 하는 '예수님의 자녀들'이란 뜻의 '예자회' 모임이
있다. 그중에서 나는 막내다. 모임원 언니들이 다 사랑이 많지만,
그중에서 특히 초대 회장과 총무를 맡았던 '김홍우 헬레나', '김동
분 바울라' 두 언니의 사랑을 잊을 수가 없다.

2009년 1월의 어느 날, 『평화신문』에 실린 '영성심리상담봉사자과
정 제2기 모집' 공고가 눈에 띄었다. 모든 것을 다 잃었다고 생각하
고 지쳐 있을 때, 다시 힘을 낼 수 있는 봉사 거리를 찾으며 '나에
게 주어진 달란트는 뭘까?' 생각하다가 다른 사람의 이야기를 들
어주는 일은 할 수 있을 것 같았다. 이왕 할 거라면 제대로 교육을
받아서 해야겠다고 생각했다. 그런데 돈이 드는 일이라 망설여졌
다. 밤새 택시 운전을 해서 입금하고 가져오는 약간의 수입으로는
어려웠기 때문이다.

그러던 차에 명동성당에서 성서 100주간을 함께 공부했던 아우에게 오랜만에 연락이 와서 밥을 먹게 되었고, 이런저런 이야기를 나눈 끝에 지나가는 말로 상담봉사자과정을 말했다. 그랬더니 내 말을 들은 아우가 대뜸 이렇게 말했다.

"언니, 등록하세요. 내가 등록비 줄게요."

"너도 어려운 살림에 무슨 돈이 있어서?"

"그렇지 않아도 지난달에 일을 잘했다고 성과금이 나와서 어디에다 기부할까? 하고 기도 중이었어요. 이건 언니에게 주라는 뜻인 거 같아요."

확실한 대답을 안 하고 헤어지자 퇴근 후 저녁에 다시 전화가 왔다.

"언니, 내 얘기 그냥 한 얘기가 아니에요. 꼭 등록하셔야 해요. 꼭이요."

나는 그 마음을 받기로 했다. 열심히 해서 봉사로 은혜를 갚아야지 했다.

이 감동의 이야기를 두 언니에게 이건 주님이 해주신 일이라며 하느님을 자랑했다. 그런데 며칠이 지난 후 두 언니가 찾아와 내 손에 봉투 하나를 쥐여 주며, "공부하려면 책도 사봐야 할 거고, 차비도 들 테니 다른 데 신경 쓰지 말고 공부나 열심히 해."라고 말하며, 그 안에는 모금해 준 명단과 함께 110만 원이나 들어 있었다. 내 사정을 잘 아는 터라 모임원과 나를 아는 주위 분들에게 말을 하니 너나 할 것 없이 십시일반 모아 주었단다. 너무 고마워서 말도 나오지 않았고, 가슴이 벅찼다. 한 사람 한 사람 떠올리며 은인을 위한 기도를 드렸다.

4대1의 쟁쟁한 경쟁률 속에서도 나는 꼭 붙어야 한다고 기도했고, 2년의 과정을 잘 마치고 3급을 딸 수 있었다.

유난히도 넉넉한 큰마음으로 모임원과 누구에게라도 조물조물 해서 맛있는 밥과 반찬으로 밥 먹이는 일을 기꺼이 자진해서 하고, 내가 아프거나 힘들 때는 어김없이 영양이 가득한 콩죽이나 반찬을 만들어다 주던 헬레나 언니, 내가 미국에 가 있느라 주부의 자리가 비어 있을 때 반찬을 해다가 주어 남편도 잊지 못하겠다고 말한다. 또 덩치만큼이나 따뜻한 마음으로 곁에서 함께해 주는 바울라 언니, 두 언니는 바로 나의 왼팔이며 오른팔이고 좌청룡 우백호이다. 나를 무한히도 믿어주고 힘을 주는 이런 언니들이 함께해 주었기에 성당 행사도 재밌게 치를 수 있었고, 20년의 봉사도 해낼 수 있었다.

이만한 사랑 받아본 사람, 어디 있나요? 있으면 나와 보세요.

52

넌 나의
119야!

몇 가지 해보지 않은 직업 중에서 소개받아 가게 된 콜센터. 사장을 대신해서 과장의 신분으로 나를 면접 보기 위해 나온 백승희 안나. 깜짝 놀랐다. 문에 들어서는데 그녀의 머리 뒤로 환한 후광이 보여 얼굴이 잘 보이지 않았다. 이런 장면은 TV에서나 보던 게 아닌가? 특히 남녀 사이의 만남일 때. 그러나 우리는 달랐다. "다행히도 여자들끼리였기에 망정이지 남자와 여자로 만났다면, 아마도 두 가정은 깨져 버렸을지도 모르겠다."라며 우리는 친해졌다.

출근하면서부터 안나는 다른 직원들과는 다른 묘함이 느껴졌다. 너무 곧아서일까? 상처받고 힘들어하는 모습이 내 눈에는 여리게 보였다. 그 가슴 감싸주듯 공감하고 이야기를 많이 나누다 보니, 신앙의 깊이가 맞다고나 할까? 말이 통했고, 마음이 통했고, 사고가 같았다. 그랬기에 우리는 서로 좋아하게 되었다. 그 후부터 나의 흑기사가 되어 주었고, 무조건적인 의리를 보여준다. 나 또한 그녀가 옳다고 믿는 생각에 대한 뚝심 있는 행동, 항구한 믿음, 조건 안 따지는 봉사생활에 아낌없는 찬사를 보낸다. 알게 되면서부터 서로의 생활이나 모든 면에서 우리는 숨김이 없다.

내가 화장품 외판을 시작하자 그때까지 본인이 만들어 쓰던 화장품도 기꺼이 나에게 사주었고, 딸에게조차 나에게 사서 쓰도록 종용하거나 그 외에도 어떤 방법으로든 돕고자 했다. 건강이 나빠져 병원에 입원했을 때는 수시로 드나들며 나보다 더 아파하며 속상해했다.

화물 택배 일을 하던 내 남편의 일이 점점 더 힘들어 생활이 안 된다고 하자, 대기업 현장의 기술 책임자로 있는 남편에게 부탁해 일하게끔 해주었고, 먹고살기 힘들다는 나에게 자기 집에 들어와 살란다. 방 하나 거저 주고, 밥도 거저 먹여 주고 직장도 구해서 데려다주고 데려올 테니 오라고. 자기에게 계획되어 있는 것이 잘 되면 내 아들에게 가게를 차려준다며 힘을 실어 주기도 한다. 말처럼 되든 안 되든 이미 받은 거나 다름없다고 생각한다. 나는 이 친구의 마음을 너무나 잘 알고 있기 때문에 한 점의 의혹도 없다. 안과 밖이 투명한 친구인 그녀가 입 밖으로 내뱉은 말에 대해서는 책임을 지는 친구라서 말뿐인 적은 없다. 그래서 더 고맙고 든든하다.

우리 둘이서 제주도를 여행한 적이 있었다. 무릎 상태가 둘 다 비슷하게 좋지 않아 가다가 정 아니다 싶으면 되돌아오지 하는 마음으로 시작한 걸음이었지만 멋모르고 한라산 백록담까지 올라갔다. 비옷도 챙기지 않았고 점심밥도 없이 진하게 탄 믹스커피와 가래떡 몇 가닥만을 가진 채로. 다른 사람들과는 방향을 반대로 잡아 올라갔기에 내려올 때는 비도 오고 이미 해도 떨어진 상태에서 오직 우리 둘뿐이었다. 둘 중 누구 하나라도 주저앉으면 큰일이다 싶어 겁은 났지만, 서로를 의지하며 기도로 별 탈 없이 내려올 수 있었다. 이 산행을 통해서 우리는 서로에게 더 확실한 믿음이 생겼다. 평생을 지금 같은 동지애의 마음으로 살아간다면 어떤 일도 헤쳐나갈 거라는 믿음 하나로 짧았지만 진한 여운과 함께 우정을 쌓을 수 있었다.

언제라도 부르면 콜하며 달려와 주는 사랑하는 안나야! 넌 나의 119, 맞지?

53

아들을 공유한
사이

'박경혜'는 내 아들이 다니는 가게의 주방 요리사로 있으면서 알게 된 사이이며, 아들을 통해서 들은 이야기로도 이미 남 같지 않았고 정이 갔던 사람이다. 그러다 우리가 더 가깝게 된 이유는 내가 화장품 영업사원으로 입사하고 나서부터였다.

키 크고 싱겁지 않은 사람 없고, 작고 야물지 않은 사람 없다더니 말 그대로 작고 야무지다. 작은 사람이 먹고사는 일에 일찍부터 혼자 고생고생하고 살았어도 독기가 없다. 사람 미워할 줄 모르고 이해심이 많다. 착하기가 이루 말할 수 없는 데다 약지도 못해 도리어 바보 같을 때가 있다. 만나면 만날수록 서로 죽이 잘 맞아 재미있고 유쾌하다. 이런 경혜가 참 좋다. 원석을 캐낸 느낌이다. 늦게야 만났으니 부담 없이 친구 하자고 한 내 말에 두 살이 더 많으니 어찌 그럴 수 있느냐며 언니라고 하겠단다.

차분치 못한 나를 알뜰살뜰 챙기면서도, 내 아들이 집보다 가게

에서 경혜와 함께하는 시간이 더 길다 보니 곁에서 아들처럼 챙겨
주는 마음이 무척이나 고맙다.

무엇보다도 나를 믿고 따라주어 서로 형제 없는 우리들이 형제
가 되어 더 이상은 외로워하지 않도록 언니 노릇을 잘해 주고 싶
은데 어째 내가 더 동생 같다.

시간이 더 흐르면 내가 진짜 언니처럼 되려나?

언제까지나 우리
애인합시다

내가 애인(김명호 미카엘)을 처음 만난 것은 지금 살고 있는 동네인 망원동으로 이사 와서 거실에 놓을 가구를 사러 가서였다. 가구점 주인과 손님으로 왕래하다가 내 아들과 그 집 아들의 초등학교 졸업식장에서, 뇌출혈로 쓰러진 아빠 탓에 할머니 손에서 자라게 된 아이의 중학교 등록금을 마련하기 위한 모금함을 들고 뛰는 모습을 보고 친해졌다.

그 또한 1992년에 뇌 기형 출혈에 의한 뇌출혈로 쓰러졌다가 다시 살아났으니 "내 나이는 다섯 살."이라면서 어려운 사람들을 위한 봉사로 새 삶을 살겠다며 환하게 웃었다. 오른쪽이 반마비가 된 불편한 몸인데도 불구하고 먼 곳 가까운 곳 가리지 않고 쓰러진 환자를 보면 달려가서 한 손으로 물리치료를 해주며 말동무를 해준다.

애인의 아내(노경아 미카엘라)와 나는 동갑이라 친구가 되었고, 뜻을 같이하여 봉사하게 되면서부터 나를 애인으로 승격시켜주었다. 우리는 동네의 어려운 어르신들과, 특히 본인처럼 쓰러져 몸을 못 쓰는 장애가족을 찾아다니며 운동을 시키고 정신적인 버팀목이 되어 주는 노력을 아끼지 않았다.

대다수가 가정 형편도 어려운지라 도움되는 방법을 찾아 후원받을 수 있도록 주선해 주기도 했다. 1년에 두 번은 봉사하는 몇몇 사람들이 모여서 불고기며 잡채며 여러 가지 음식을 정성스레 준비해서 애인 집이나 식당에서 거한 음식 대접을 해드렸고, 1년에 한 번씩은 한강 유람선도 태워 드리고 파주 온천탕도 모셔가고 용산 가족공원 등 장소를 돌아가면서 야외 나들이를 시켜 드렸다. 나야 봉사원의 일원으로 미약했지만, 애인의 활약은 대단했다. 누구와도 잘 어울리는 인기맨. 생활은 어려웠지만 뜻을 같이하고 마음을 모으니 소리 없는 후원자도 생겨 30대 시절을 보람과 기쁨으로 지낼 수 있었다.

그때부터 나는 배달의 자손이 되었다. 뭐든 나눌 것만 있으면 조목조목 담아서 고개를 빼고 귀를 쫑긋하며 기다리는 어르신들 집으로 자전거를 타고 열심히 배달했다. 유명한 빵집에서 연습생들이 만든 빵을 일주일에 한 번씩 보내왔고, 아우가 옷가게를 하다가 문을 닫으면서 어르신들에게 드리라며 옷 보따리를, 주위의 형님이 생각지 않은 생선이 한 상자 생겼다고 불러 주었고, 미처 다 먹지 못해 멸치가 많이 쌓여 있다고 내주었고, 시골에 내려간 김에 채소를 많이 가져왔다고 부르면 달려가서 자전거에 잔뜩 실어와 다시 봉투에 담아서 독거 어르신들과 장애가족들에게 동네를 누비며 배달의 자손으로 충실했다.

큰돈 들이지 않고 내 식구 먹을 반찬의 양을 조금만 더 해서 한 접시만 갖다드려도 달게 드시고, 목욕만 한 번 시켜 드려도 고마워하시고, 세탁기가 없는 어르신의 빨랫감을 갖다가 빨아다 드리면 눈물까지 그렁그렁하시는 모습에 빠져들어갈 수밖에 없었다. 그 기쁨으로 어려웠지만 웃을 수 있었고, 견디어 낼 힘이 났다.

내 형편을 잘 알고 있는 애인은 내가 아플 때마다 속상해하고 힘들어할 때마다 같이 마음으로 아파해 주었다. 무슨 일에든 조언을 아끼지 않고, 필요한 정보와 힘을 실어 주었다.

또 우리 아이들이 고등학교, 중학교에 다닐 때 미처 등록금을 마련하지 못할 때는 후원자를 찾아내어 학비도 보조받게 해주었다. 내가 그 고마움을 어찌 잊을 수 있겠는가? 애인 앞에서 남편의 흉도 보고 울기도 하는 여자가 있으려나?

내가 그랬다.

젊은 시절에 봉사와 추억을 저축한 동지들이여!

우리 늙어 꼬부라져도 언제까지나 변함없는 애인해 줄 거지?

숙희야, 너를 내가
어떻게 잊겠니?

우리가 만난 건 아이들이 유치원 때니까, 벌써 30년은 됐어. 난 혼자 컸고, 시댁 쪽에선 막내라 큰살림을 해본 적 없고, 살림도 여유롭지 않았으니 알뜰을 가장해 무엇이든 조금씩 살 수밖에 없던 나에 비해, 너는 넉넉한 친정에서 배우고 누려왔던 넉넉함으로 나를 대해 주었지. 두둑한 손으로 두둑이 부친 전처럼, 내 마음까지 두둑하게 채워 주었어. 부러우면서도 고마웠어.

유치원에서 행사가 있을 때마다 우리는 항상 같이했지. 있는 멋 없는 멋 다 부리고 현충사 답사라든가, 야외 소풍 때면 선생님의 도시락까지 푸짐하고 정갈하게 싸들고 따라갔고, 생일 파티라도 있으면 우리는 팔을 걷어붙이고 나섰지. 마치 우리가 유치원생인 것처럼 들떠서 다녔어. 지금 생각해 보면 가장 순수했고, 행복했던 시절이었어. 우리는 이렇게 우정이라는 걸 쌓았나 봐.

가진 것 없이 시작한 첫 사업인 공장을 운영할 때도 제일 먼저 있는 돈 싸들고 와 두말하지 않고 빌려주었고, 두 번째 사업 실패한 뒤에도 내가 힘들어하자 얼마가 필요하냐며 있는 돈 다 털었어도 부족해서 어떡하느냐며 도리어 미안해하는 너의 얼굴을 잊을 수가 없어. 아마도 넌 천사인가 보다. 그렇기에 너도 아프면서 아픈 나를 더 걱정해 주었고, 네가 힘들어졌는데도 목돈으로 못 갚고 나누어 갚아도 재촉하지 않았고, "넌 착하니까 언젠가는 잘될 거야."라며 희망을 잃지 않게 해주었지.

내 딸과 동갑인 네 딸의 죽음을 얘기하며 기도해 달라고 했던 낮은 목소리가 지금도 내 가슴 한편에 저장되어 있어. 그 이후로 한층 더 목소리가 낮아지더니 어느 날부터는 그 소리조차 아예 들리지 않았어. 소식이 끊긴 채 시간은 흐르고……

난 너까지 잃어버린 줄 알고 얼마나 마음이 아팠었는지.

얼마 전 낯선 전화번호로 걸려온 너의 목소리를 듣고 또 한 번 울었지. 살아 있어 주어 감사해서. 언제일지 알 수는 없지만 내가 받은 것 중에서 10분의 1, 아니 100분의 1이라도 갚을 기회를 다시 줘서 고마워. 가깝지 않아 자주 보지는 못하지만 그다지 머지않은 시간에 너에게 달려갈게. 그러니까 제발 아프지 말아야 해.

우리 그때 밤새우며 이야기 나누자.

……

보석이
된 아픔

안녕…….

……

한창 젊었던 그때의 너와 나의 모습을 그리워하며 늘 너를 아프
게 했던 부족한 친구가…….

내가 바라는 것과
바라는 세상

나는 행복하기 위해 굳이 노력하지 않는다. 이미 행복할 수 있는
방법을 터득했기 때문이다. 그래서 나는 행복하다. 부모님의 이혼
으로 인해 버림받았다는 아픔 덕분에 생각하는 법을 배웠고, 친아
버지에게 받은 배신감의 아픔 덕분에 홀로 서는 힘을 키울 수 있었
다. 이 세상에 나 혼자라는 외로움 덕분에 어떻게 살아가야 할지
를 깨닫게 되었고, 지독히도 없는 남편과의 어려움 덕분에 용감할
수 있었다. 사업 실패의 아픔 덕분에 일을 해결할 줄 알게 되었고,
아이들을 키우면서 겪어야 했던 아픔 덕분에 나도 비로소 어른이
되어 갈 수 있었다. 그다지 많지도 않은 재산조차 잃어 본 아픔 덕
분에 겸손할 수 있었고, 건강을 잃어 봤기에 덕분에 다른 이들의
아픔도 알게 되었다. 이렇게 다양한 아픔들을 통해서 배운 것 또
한 다양하고 그것으로 인해 나의 마음은 탄탄해졌다. 깊은 물 속
이 흔들림이 없듯이 나는 평온을 유지할 수 있다. 나는 생각해 본
다. 만약 내가 가진 게 많고, 지식이 많은 부모의 품에서 온실의

화초처럼 곱게 자랐다면 어땠을까? 하고. 두 길을 동시에 가볼 수 없고, 두 삶을 동시에 살아볼 수 없으니, 정확히 알 수는 없겠지만 난 지금의 내가 좋다. 대견하고 기특하다.

대다수 사람들은 행복하기 위해 안간힘을 쓴다. 남보다 더 가지려 하고, 남보다 더 배워야 하고, 남보다 더 높은 자리에 올라가 성공해야 행복할 수 있다고 생각한다. 그러나 '남보다' 라는 기준은 대체 얼마큼인가? 나보다 더 가진 사람을 보면 내가 적어서 안 행복하고, 나보다 더 없는 사람을 보면 불행한 것 같아서 불안하다. 그러니 우리는 행복을 느낄 겨를이 없는 것이다. 행복은 실체가 없고, 위치가 없으니 잡을 수가 없다. 그저 내가 느껴야만 알 수 있는 것이 '행복'이다.

내가 행복할 수 있는 방법을 터득한 것이 바로 이 점이다. 가지고 있지 않은 것을 갖기 위해 마음 쓰기보다는 내가 가지고 있는 것을 깨닫는 것이다. 그리고 나는 늘 감사한다. 아침에 눈을 뜨면 하루라는 선물을 주심에 감사하고, 오늘 하루 동안 만나게 될 사람들과 사랑을 나누고 평화를 갖게 해달라고 기도한다. 성당을 가기 위한 분주함이 좋고, 길을 지나다 아는 사람을 만나면 웃음을 나누는 것이 행복하다. 함께 차 마시는 행복, 때론 조촐한 밥이라도 같이 먹게 되면 더 좋다. 얻어먹어도 좋고, 내가 사도 좋다. 누군가의 말처럼 행복이 뭐 별건가? 어제는 이미 지나간 과거요, 내일은 아직 오지 않았으니, 그것들은 모두 신의 시간이지만, 지금 이 순간만은 내 것이다. 그러니 지금을 소중히 여기고, 행복하다고 생각하고 그것을 느껴보라고 말해주고 싶다. 행복은 결코 누군가에 의해서가 아닌, 나 스스로가 만들어야 하는 거니까.

아픔과 성숙에 관한 성당 언니의 고언

보석이 된 아픔

초판 1쇄   2017년 03월 30일

지은이   고진경
발행인   김재홍
기획   1인1책(www.1person1book.com)
편집장   김옥경
디자인   이유정, 이슬기
마케팅   이연실

발행처   도서출판 지식공감
브랜드   문학공감
등록번호   제396-2012-000018호
주소   경기도 고양시 일산동구 견달산로225번길 112
전화   02-3141-2700
팩스   02-322-3089
홈페이지   www.bookdaum.com

가격   13,000원
ISBN   979-11-5622-271-2 03810

CIP제어번호   CIP2017005520
이 도서의 국립중앙도서관 출판도서목록(CIP)은 서지정보유통지원시스템 홈페이지
(http://seoji.nl.go.kr)와 국가자료공동목록시스템(http://www.nl.go.kr/kolisnet)에서
이용하실 수 있습니다.

문학공감은 도서출판 지식공감의 인문교양 단행본 브랜드입니다.